LA FAVSSE APPARENCE.

COMEDIE.

A PARIS,
Chez GVILLAVME DE LVYNE, Libraire-Iuré, au Palais, dans la Salle des Merciers, à la Iustice.

M. DC. LXIII.
Auec Priuilege du Roy.

ACTEURS.

D. CARLOS DE ROXAS, Caualier Castillan, Amant de Leonore.

LEONORE, Fille de D. Pedre, Maistresse de D. Carlos.

D. PEDRE DE LARA, Gentil-homme Castillan, Pere de Leonore.

D. SANCHE DE LUSSAN, Amant de Flore.

FLORE, Maistresse de D. Sanche, Sœur de D. Loüis.

D. LOUIS DE ROXAS, Caualier de Valence, Frere de Flore, & Cousin de D. Carlos.

FABRICE, Valet de D. Carlos.

CARDILLE, Valet de D. Sanche.

MARINE, Seruante de Flore.

La Scene est à Valence, dans la Maison de D. Carlos.

LA FAUSSE APPARENCE,

Extraict du Priuilege du Roy.

PAR Grace & Priuilege du Roy, donné à Paris, le 10. Iuin 1662. Signé par le Roy en son Conseil GUITONNEAU : Il est permis à GUILLAUME DE LUYNE, Libraire-Iuré de cette Ville de Paris, de faire imprimer deux Pieces de Theatre, intitulées *La Fausse Apparence, & l'Illustre Corsaire* ; Composées par le Sieur SCARON, Et ce durant le temps de sept années; & deffences sont faites à tous autres d'imprimer, vendre, ny debiter lesdites Pieces, d'autres impressions que de celles dudit DE LUYNE, à peine de trois mille liures d'amande, & de tous despens, dommages, & interests, comme il est plus au long porté par lesdites Lettres.

Acheué d'imprimer pour la premiere fois, le 23. d'Octobre 1662.

Les Exemplaires ont esté fournis.

Registré sur le Liure de la Communauté le 16. Iuin 1662.

Signé DEBRAY, Syndic.

ã ij

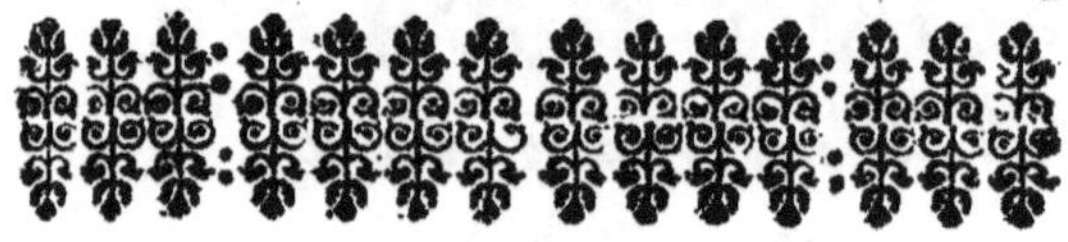

LA FAVSSE APPARENCE.

COMEDIE.

ACTE PREMIER.

SCENE PREMIERE.

DOM CARLOS, FABRICE, LEONORE.

DOM CARLOS.

VERRAY-je Dom Loüis?

FABRICE.

Il vient dans vn moment.

D. CARLOS.

Et Leonore?

FABRICE.

Elle est dans son appartement.

D. CARLOS

Sans obligation je m'engage moy mesme
A ne la laisser point dans vn peril extréme.
Ie la veux proteger, puis que ie l'ay promis,
Quand je verrois sur moy fondre mille ennemis;
Hà! que ne puis-je encore auoir pour l'infidelle,
Les tendres sentimens qu'autrefois i'eus pour elle?
Mais puis-je auec honneur encor m'assujettir
A ses indignes fers dont i'ay voulu sortir?
Il la faut éueiller, afin qu'elle conuienne
Des moyens d'asseurer sa fortune & la mienne.
Mon Cousin Dom Loüis, qui va venir icy
Pourra nous conseiller & nous seruir aussi.

LEONORE.

Ie ne dors point Carlos, le sommeil est sans charmes,
A des yeux qui sans cesse ont à verser des larmes,
Et ta fiere rigueur me cause trop d'ennuis,
Pour auoir du repos ny les iours ny les nuits.

D. CARLOS.

Cherchez de vos ennuis en vous mesme la cause;
Mais ie venois icy vous parler d'autre chose,
Sçachez donc....

LEONORE.

Non, Carlos, je ne veux rien sçauoir;
Pour me faire obeïr tu n'as rien qu'à vouloir.

D. CARLOS.

Si cette complaisance, autant qu'elle est forcée,
Partoit d'vne amour vraye, & non interessée,
Que ne ferois-je point pour vn si grand bon-heur?

LEONORE.

Que ne ferois-je point pour te tirer d'erreur?
Mais quand d'vn faux soupçon l'ame est préoccupée,

Si loin de trauailler à se voir détrompée,
Elle fuit son remede, en vain la verité
Tasche à luy redonner sa premiere clarté.

D. CARLOS.

Sur la foy de ses yeux on ne se trompe guere,
Et ce qu'ont veu les miens n'est pas imaginaire;
Mais tous ces vains discours ne sont pas de saison,
Quand i'aurois plus de tort que ie n'ay de raison.
Vostre Pere nous suit : peut-estre qu'à cette-heure,
Il sçait où vous & moy faisons nostre demeure.
Vous sçauez son dessein, & que ie ne dois pas
Contre vn tel ennemy me seruir de mon bras,
Et soit que l'on se cache, ou qu'on prenne la fuite,
Que vostre seureté veut beaucoup de conduite.
Quoy qu'apres tout l'espoir que vous m'auiez permis,
Apres l'amour constant que vous m'auiez promis,
Vous ayez fait seruir au dessein de ma perte
Vne feinte tendresse à la fin découuerte;
Quoy qu'vn si lasche tour ait banny pour jamais,
De mon Esprit credule & la ioye & la paix,
M'ait tiré de vos fers, & dispensé mon ame
De conseruer encor pour vous la moindre flâme,
Par la seule pitié que me fait vostre sort,
Ie me veux exposer pour vous iusqu'à la mort.

LEONORE.

Cette compassion Dom Carlos est tardiue;
Si tu ne m'aimes plus, qu'importe que ie viue?
Mais Carlos si ton cœur si dur à l'amitié,
Est comme tu le dis sensible à la pitié,
Ou capable du moins d'vn peu de complaisance,
Puis que depuis Madrid ie garde le silence,
Et que quand ie te parle au lieu de m'écouter,
Ta colere te porte à me vouloir quitter:

Puis-que mon sort cruel qui te rend si barbare
Pour la derniere fois peut-estre nous separe,
Daigne prester l'oreille à mes derniers discours,
Quand tu n'en croirois rien cõme tu fais toûjours,
Quand ta haine seroit encore plus mortelle,
Quand autant que tu dis ie serois infidelle,
Peus-tu n'accepter pas cette condition?

D. CARLOS.

Hé bien! ie vous écoute auec attention.

LEONORE.

Tu m'aimas, Dom Carlos, qu'ay-je dit insensée?
Mon indiscrette langue a trahy ma pensée,
Et i'ay mal commencé par vne fausseté,
Vn discours qui sera la mesme verité;
Tu feignis donc d'aimer, & je crus estre aymée,
Ie crus que ie regnois dans ton ame charmée;
Mais tu ne fus iamais d'amour bien enflâmé,
Qui peut cesser d'aimer n'a iamais bien aimé.
Tu sçais bien si mon cœur fut facile à surprendre;
Combien il combattit deuant que de se rendre,
Et de quelle rigueur ie traittay les valets.
Qui s'oserent charger de tes premiers poulets.
Enfin à m'attaquer telle fut ta constance;
Si foible fut la mienne à faire resistance,
Que tu vis tes desirs sur les miens absolus;
Tu me persuadas tout ce que tu voulus;
Tes lettres que i'auois constamment refusées,
Tandis qu'à mon deuoir ie les crus opposées;
Tes vers, & tes chansons, & tout ce qu'vn Amant
Employe à faire croire vn amoureux tourment,
Me donnerent du tien des marques si pressantes;
Ton merite y joignit des forces si puissantes,
Qu'apres mille sermens, les gages de ta foy,
Ie te donnay la mienne, & te receus chez moy.

Ie veux bien l'auoüer, j'eus repugnance à faire,
Vne pareille auance à mon deuoir contraire ;
Mais craignant les regards des voisins curieux,
Des actions d'autruy iuges malicieux,
Qui te voyoient souuent passer sous ma fenestre,
Et m'obseruoient alors qu'ils m'y voyoient paroistre
Dans vn appartement où personne n'entroit,
D'où l'on venoit au mien par vn passage estroit,
Ie receus en secret ta premiere visite,
Et ie ne fus iamais à tel point interdite.
Et l'aise de te voir, & la peur que i'auois
Suspendirent long-temps l'vsage de ma voix :
Nos ames par nos yeux se parloient l'vne à l'autre;
Mais quel bon-heur iamais dura moins que le nostre ?
I'oüis ouurir ma chambre, & i'y courus soudain.
Tu crûs que ie fuyois peut-estre par dédain,
Ou que le repentir qui suit vne imprudence,
M'obligeoit, quoy que tard, à fuir ta presence.
Tu voulus m'arrester ; tu courus aprés moy,
Et lors vn Caualier, qui parut hors de soy,
Et qui de son manteau se couuroit le visage,
S'offrant à tes regards, te donna de l'ombrage ;
Mais le temps t'apprendra.

FABRICE.

Monsieur, vostre Cousin
Vous vient voir.

LEONORE.

Il est donc encore en mon destin,
Qu'il vienne quand ie veux prouuer mon innocence.

FABRICE.

Le voicy.

D. CARLOS.

Cachez vous Madame en diligence;
Escoutez de la porte, aussi bien vous serez
Le sujet des discours que vous écouterez.

SCENE II.

D. CARLOS, D. LOVIS.

D. LOVIS.

Ie vous viens quereller.

D. CARLOS.

Et pourquoy? ie vous prie.

D. LOVIS.

Pour vous estre logé dans cette hostellerie.
Et vous ne pouuiez pas me faire vn plus grand tort,
Qu'en ne descendant pas en ma maison d'abord.

D. CARLOS.

Arriué cette nuit?

D. LOVIS.

Iour & nuit à toute heure,
Vous auez dû chez moy choisir vostre demeure;
Qui vous mene à Valence?

D. CARLOS.

O mon cher, Dom Loüis,
Comme par tout ailleurs, des mal-heurs inoüis,
Quelque part où le sort me trâsporte, ou m'arreste,

Ie m'y trouure bientost battu d'vne tempeste,
Et comme par dessein, cet implacable sort
Me suscite tousiours l'orage aupres du port.

D. LOVIS.

Si tout ce que ie puis, & ce que ie possede,
Peut soulager vos maux, ou leur donner remede,
Ie vous offre mon bras, mon credit & mon bien.

D. CARLOS.

En l'estat où ie suis, ie ne refuse rien.
Cependant apprenez le sujet de ma peine,
Et le cruel mal-heur, qui dans ces lieux m'ameine.
Esclaue dans Madrid de mon ambition,
I'esloignois de mon cœur toute autre passion;
Mais quand on a des yeux, peut on garder son ame,
De brusler tost ou tard d'vne amoureuse flâme?
I'aimay donc à la Cour vne ieune beauté;
Ie luy dis mon amour, & i'en fus escouté,
Et sans faire le vain, ma fortune fut telle,
Qu'elle brusla pour moy, si ie bruslay pour elle.
Ie n'allongeray point ce recit mal-heureux,
Des seruices, des soings que rend vn amoureux,
Il suffit que ie fis tout ce qu'il faut pour plaire,
Et comme les presens font à la fin tout faire,
Pour la premiere fois, en secret, & la nuit,
Ie fus par sa suiuante en sa chambre introduit.
Helas dans ce moment elle estoit infidelle.
Vn Riual nous surprend; i'enrage; ie querelle;
I'attaque; on se deffend; ie blesse, & sous mes coups,
Ce Riual accablé satisfait mon courroux.
Lors le croyant sans vie, & la voyant pasmée,
Par le bruit du combat sa famille allarmée,
Ie crus que le courroux d'vn vieil Pere irrité,

A cause de ses ans deuoit estre éuité,
Et ie crus qu'insulter à cette mal-heureuse,
N'estoit pas l'action d'vne ame genereuse,
Preparant donc la mienne à tout euenement,
Et mettant mon espoir en mon bras seulement,
I'estois prest de sortir, sans croire mon courage,
Qui n'auoit pas encore assez soulé sa rage,
Quand l'ingrate beauté reprenant ses esprits,
Faisant parler pour elle, & ses pleurs, & ses cris,
Me pria, m'embrassant, quoy que ie pûsse faire
De ne la laisser pas au pouuoir de son Pere.
I'auois pour elle alors auec iuste raison
Toute l'horreur qu'on a pour vne trahison,
Et i'auois eu besoin de toute ma prudence,
Pour ne m'emporter pas à quelque violence :
Mais peut-on s'empescher, quand on est genereux,
D'aider vn ennemy que l'on voit mal heureux ?
Ie respandray mon sang, pour vous sauuer la vie,
Beauté trop tard connuë, & trop long-tẽps seruie,
Et si ie meurs pour vous, luy dis-je, ie permets
A vostre esprit ingrat, de n'y songer iamais.
Elle ne respondit qu'en répandant des larmes,
Et mesme en sa douleur cõserua tous ses charmes.
Nous sortismes sans peine, & sans autre danger
Que la crainte que i'eus, qu'on ne nous vinst charger.
Le mal que m'auoit fait cette fille infidelle,
Ne pouuoit m'ẽpescher de tout craindre pour elle.
Vn amy nous receut chez vn Ambassadeur.
On saisit tout mon bien; on m'osta tout l'honneur,
Mon Riual fut trouué percé de trois blessures,
Dont on tira d'abord de tristes conjectures;
Mais sa ieune vigueur l'aura fait reuenir.
Ie n'ay pas de son nom gardé le souuenir.

Il poursuiuoit en Cour vne importante affaire ;
Mais cette circonstance icy n'importe guere.

D. LOVIS.

L'auenture est estrange.

D. CARLOS.

Escoutez ce qui suit.
Vous voyez par l'estat ou le sort ma reduit,
Qu'il faut absolument que ie quitte l'Espagne,
La Iustice me suit ; le Pere est en campagne.
Ie ne doy plus l'aimer, & ne doy pas aussi
La laisser sans secours, l'ayant conduite icy,
Il ne faut pas aussi qu'on me trouue auec elle,
Vn Conuent seruiroit d'azile à cette belle:
Mais du bien que i'auois, il ne m'est rien resté
Que le mal-heureux fer que ie porte au costé.

D. LOVIS.

Ie vous offre ma bourse.

D. CARLOS.

Ha ! ie ne veux pas prendre,
Ce que ie ne suis pas en estat de vous rendre.

D. LOVIS.

Mais chez moy mon Cousin qui la viendra chercher ?

D. CARLOS.

Mais belle comme elle est, s'y peut-elle cacher ?
Pour qui passeroit-elle ?

D. LOVIS.

Ou bien pour ma parente,
Ou ma sœur la tiendroit au lieu d'vne suiuante.
Rien n'est plus apropos que ce déguisement.

D. CARLOS.

Luy puis-je proposer vn tel abbaissement ?

LEONORE *sortant de sa chambre.*

Tu le peus Dom Carlos, tout est facile à faire.

A qui met son bon-heur à ne te point déplaire.
Dans les plus bas emplois ie ne rougiray point,
Si ie sers vne Dame à qui le sang te ioint.
Ne considere plus ma fortune passée;
Du soing de mon salut destourne ta pensée.
Songe au tien: cours en Flandre exercer ta valleur,
Et me laisses icy seule auec mon mal-heur.
Et vous en qui le Ciel me suscite vn azile,
Telle qu'il m'a dépeinte, il est bien difficile,
Que vous puissiez douter de ce qu'il vous a dit;
Mais tout secours humain me deuienne interdit;
Que le Ciel m'abandõne aux affronts, aux iniures,
Et fasse de ma mort vn exemple aux pariures,
Si Carlos, qui receut mes premieres amours,
Ne les possede encor comme il sera tousiours,
Si mon ame enuers luy fut iamais criminelle,
Et fut autre pour luy que sincere & fidelle.

D. CARLOS.

Et cét homme caché dans vostre appartement?

LEONORE.

Ha! Dom Carlos, ce fut sans mon consentement,
Et i'atteste le Ciel qui sçait mon innocence,
Que ie n'eus point de part en sa ieune insolence.
Si ce n'est en auoir que la seuerité,
Que i'opposay tousiours à sa temerité;
Mais pour peu qu'on déplaise, on en est moins croyable.

D. CARLOS.

Vous estes l'innocente, & ie suis le coupable.
On ne peut trop blasmer mon procedé ialoux;
Mais l'honneur ou l'on voit la moindre ombre parestre
S'il n'est dé-ja taché, n'est pas long-temps sans l'estre.

D. LOVIS.

Vostre beauté Madame est vn témoin puissant,
Pour me persuader vostre amour innocent.
Chez moy ne doutez pas que l'on ne vous respecte
Autant qu'on le pourra, sans vous rendre suspecte.
Ma sœur est sans suiuante, & quand elle en auroit,
Pour vous prendre auec elle, elle s'en déferoit.
I'ay songé qu'il faudra que vous portiez vous mesme
Vn billet que i'auray d'vne Dame que i'aime.
Ce billet ne sera que pour dire à ma sœur,
Que vous estes adroite, & fort fille d'honneur.
Qu'elle répond de vous, & qu'en cette occurrence,
Elle pretend luy faire vn present d'importance.
Vostre condition ainsi se cache mieux
A l'esprit des valets tousiours trop curieux.
Ie m'en vay de ce pas la supplier d'écrire,
E ce billet écrit ie reuien vous le lire. *Il sort.*

LEONORE.

Dom Carlos ! Ton esprit sera bien-tost en paix
Puis qu'on va m'éloigner de tes yeux pour iamais;
Mais cruel, si le temps qui change toutes choses,
Change iamais en bien, le mal que tu me causes ;
Si ie te puis iamais faire voir que la foy.
Que ie t'auois donnée est toute encore à toy,
Et que ie n'auois pas seulement de l'estime,
Pour celuy que tu crois complice de mon crime,
Ne me tiendras-tu pas ce que tu mas promis ?
On tient ce qu'on promet mesme à ses ennemis.

D. CARLOS

Que mon cœur ne peut-il oublier vne offence ;
Auoir mes yeux suspects; croire vostre innocence?
Mais ingrate beauté, ne fut-ce pas chez vous,
Que mon bras fit tomber vn Riual sous ses coups?

Hà ! ne souhaittons plus de la voir innocente ;
Esloignons, esloignons vne fille inconstante.
Helas ! en mesme temps ie l'aime & ie la hay,
Qui de ces passions l'emporte ie ne sçay ;
Mais ie sçay seulement qu'vne douleur extréme
S'empare de mon cœur, quãd il hait ou qu'il aime,
Et que les mouuemens de ce trouble intestin
Seront les derniers coups de mon cruel destin.

LEONORE.

Hà ! si ie n'auois pas encor quelque esperance,
Que le Ciel tost ou tard protege l'innocence,
Tu n'aurois pas long-temps encore à me haïr.

D. CARLOS.

Ma resolution commence à me trahir ;
Si i'escoute long-temps cette fille infidelle,
Mon ame malgré moy me parlera pour elle,
Madame, D. Loüis viendra dans vn moment
Vous conduire chez luy. *Il sort.*

LEONORE.

Que n'est ce au monument ?
Helas ! depuis qu'Amour a fait des miserables,
En voit-on dont les maux soient aux miens comparables ?
I'aime plus que moy mesme vn hõme qui me hait,
Et qui me croit haïr auec iuste sujet.
Il n'est riẽ de plus faux, quoy qu'il en puisse croire
Que le crime apparent dont il tache ma gloire,
Et de tout ce qui peut me faire ajouter foy ;
L'hinhumain s'en défie, ou s'en sert contre moy.
Iuste Ciel ! qui tousiours protegeas l'innocence,
Et qui seul de la mienne eus tousiours cõnoissance,
Si mes maux sont trop grands pour en pouuoir guerir,
Qu'en peu de tẽps au moins ils me fassent mourir.

Fin du premier Acte.

ACTE II.

SCENE PREMIERE.

DOM SANCHE, CARDILLE.

CARDILLE.

OVY, le fier Dom Loüis, & sa bizarrerie,
Vient d'entrer à l'instant dans cette hostellerie:
Mais pourquoy n'osez vous entrer en sa maison?

D. SANCHE.

Il me l'a deffenduë, & me hait sans raison,
Et c'est celle que i'ay de luy cacher la flâme,
Que son aimable sœur allume dans mon ame:
Iè vien donc en secret voir cette aimable sœur.

CARDILLE.

Vous ne pouuiez iamais mieux placer vostre cœur:
Mais l'aimez-vous encore?

D. SANCHE.

Ouy, Cardille, ie l'aime,
Autant qu'on peut aimer, enfin plus que moy mesme.

CARDILLE.

C'est fort bien fait à vous : & celle de Madrid,
Chez qui certain Riual fantasque vous surprit,
Et vous perça de coups, mais vous perça de sorte,
Que vostre Altesse en fut quinze iours demy morte?
La beauté donc pour qui le tres illustre sang
De mon tres cher Patron rougit son linge blanc :
Et pour qui de son cœur Flore se vit chassée,
N'est plus rien dans ce cœur qu'vne idole cassée !
Il luy iuroit pourtant ; car il est grand iureur ;
Qu'elle seroit tousiours la Reine de son cœur :
De mesme qu'aujourd'huy le drole fait à Flore ;
Il luy disoit pourtant ; O beauté que i'adore ;
Beauté de qui dépend ma vie & mon trespas,
Et cent autres beaux mots que ie ne redis pas.
Ma foy tiran des cœurs, Monseigneur, & mon Maistre
A parler franchement, vous estes vn grand traistre.

D. SANCHE.

Les hommes de mon âge aiment en diuers lieux
Tous les obiets charmans qui s'offrent à leurs yeux ;
De ces obiets charmans qui leurs ames captiuent,
Il en est tousiours vn que constamment ils suiuent.
Flore est le seul obiet que i'aime constamment :
Pour l'autre ie l'aimois en passant seulement.

CARDILLE.

Oüy, ce fut en passant, & vous passastes mesme
De Madrid iusqu'icy d'vne vitesse extréme.

D. SANCHE.

Ie sortis vistement de Madrid ayant peur . . .

CARDILLE.

D'y rencontrer encor quelque rude frappeur.
Quelque gloire qu'apporte vne belle entreprise
S'y faire assassiner, c'est faire vne sottise;
Et pour moy i'aime mieux n'estre qu'vn homme obscur.
Que de n'auoir plus rien à pretendre au futur.
La sotte ambition d'enflâmer quelques folles,
Qui le seroient assez pour croire en mes parolles,
Ne me mettra iamais en cette extremité,
De perdre tout mon sang, où vous auez esté.

D. SANCHE.

Tu fais aller trop loin ta froide raillerie.
Ne la pousse pas tant, & sur tout ie te prie,
De ne rien dire icy du mal-heur de Madrid,
Ou bien point de quartier.

CARDILLE. *à part.*

I'ay pourtant tout escrit.

D. SANCHE.

Que dis-tu ?

CARDILLE.

Ie vous d'y que ie me sçay bien taire
Quand il en est besoin.

D. SANCHE.

Tu ne sçaurois mieux faire.

CARDILLE. *à part.*

Si Flore qui sçait tout, alloit pour mon mal-heur,
Par malice, ou sottise éuenter son autheur ?

D. SANCHE.

Que grondes-tu tout bas ?

CARDILLE.

Ie fais vn soliloque

D. SANCHE.

Sçais-tu bien comme on traite vn faquin qui se moque ?

CARDILLE.

Oüy, Seigneur ; mais de grace encor. Si par hazard,
Comme l'on sçait tousiours les choses tost ou tard,
Flore alloit découurir vostre amour clandestine ;
Mais ie ne dis plus rien, voicy venir Marine.

SCENE II.

MARINE, DOM SANCHE, CARDILLE.

MARINE.

OVy preste à vous seruir, comme elle fut tousjours,
Pourueu que vous soyez constant dans vos amours ;
Mais que desirez-vous de vostre humble soûmise ?

D. SANCHE.

Des nouuelles de Flore, & par ton entremise
Le moyen de la voir.

MARINE.

Elle sort. Attendez vn moment.
Ie n'ay rien plus à cœur que seruir vn Amant.

CARDILLE.

O quel tison d'enfer !

D. SANCHE.

Ne luy dis rien Cardille ;
Tu sçais bien que ie l'aime, & qu'elle est bonne fille.

CARDILLE.

Elle fille ? elle l'est, tout comme ie la suis.

D. SANCHE.

Si tu m'aimes, tay toy.

CARDILLE.

Dittes donc si ie puis.

D. SANCHE.

Tu deuiens bien fascheux Cardille.

CARDILLE.

Il me le semble.
Qui ne le deuiendroit estans tousiours ensemble ?

D. SANCHE.

Parleras tu tousiours ?

CARDILLE.

Vous sçauez mon deffaut.
Et si ie ne parlois, que ie mourrois bien-tost.

D. SANCHE.

Hé bien chere Marine ?

MARINE. *Elle s'entre.*

Il faut attendre encore :
Si vous m'en demandez la raison, ie l'ignore,
Entrez dans cette chambre, & quand ie le pourray
A l'objet de vos vœux, ie vous presenteray,
Ie vous enferme ainsi pour euiter son frere,
Qui d'elle estant ialoux, & ne vous aimant guere,
S'il alloit vous trouuer, feroit quelque rumeur.

D. SANCHE *s'enferme.*

Ie remets en tes mains ma vie, & mon honneur.

MARINE *seule.*

Ma Maistresse est pour luy terriblement changée,
A son nom seulement elle a fait l'enragée,
Sans doute elle aura sceu que D. Sanche à la Cour
Pour n'estre pas oisif a fait vn peu l'amour :
Mais la voicy.

FLORE.

Ie viens encore te le dire :
Quand tu vois qu'auiourd'huy, ie pleure & ie soûpire,
Tu crois que c'est l'amour qui me tourmente ainsi.
Non, ce n'est plus l'amour qui cause mon soucy.
Vne autre passion à l'amour opposée
Aussi bien que l'amour à vaincre malaizée,
Me fait haïr D. Sanche, il aimoit à la Cour,
L'ingrat que ie crois si fidelle en amour :
Mais le Ciel ennemy de l'amant infidelle,
A puny dépuis peu sa flâme criminelle.
Vn Riual m'a vengée ; vn Riual l'a blessé :
Ie sçay de bonne part comme tout s'est passé,
Et le traistre viendra me protester encore,
Qu'il n'est nay que pour moy ; qu'il m'aime, qu'il m'adore.
Il ne m'attrappe plus à ses trompeurs appas.

MARINE.

Et s'il vient pour vous voir ?

FLORE.

Il ne me verra pas.

MARINE.

Madame pourriez vous le punir de la sorte ?

FLORE.

A de plus grands excez ma colere m'emporte.
Ie veux pour m'en venger de mon cœur le bannir,

Et n'en referuer pas le moindre fouuenir :
Mais on frappe à la porte.

MARINE.

Et si c'eft luy Madame ?

FLORE.

Il n'a que faire icy, s'il eft hors de mon ame,
L'ingrat qui vient à moy comme à fon pis aller.

MARINE.

Ie le renuoyray donc.

FLORE.

Non, ie luy veux parler :
Tu ne luy tiendrois pas vn langage affez rude.

MARINE *s'en va.*

Ie ne puis rien comprendre en voftre inquietude.

FLORE.

Dans vn efprit frappé d'vn mal comme le mien,
Vn deffein deftruit l'autre, & l'on ne refout rien.
L'amant diffimulé, le méchant, quand vn autre
Luy refufe fon cœur, il a recours au noftre ;
Eft-ce luy ?

MARINE *reuient.*

Non, Madame.

FLORE.

Et qui donc ?

MARINE.

Beatrix,
Dont depuis fi long-temps voftre frere eft efpris,
Sçachant que depuis peu vous eftes fans foubrette,
Vous en renuoye vne autre affez propre & bien faite.
La fera-t'on entrer ?

FLORE.

Ie n'ay pas le pouuoir
En l'eftat où ie fuis, mefme de rien vouloir.

Fais comme tu voudras.

MARINE.

Entrez Mademoiselle.

Leonore entre.

FLORE.

Elle a bonne façon, & paroist assez belle.
Qui vous enuoye icy ?

SCENE III.

LEONORE, FLORE, MARINE.

LEONORE.

Madame vous sçaurez
Par ce petit billet ce que vous desirez.

FLORE *lit la Lettre.*

On m'a dit que vous cherchiez vne Suiuante: Ie vous en enuoye vne que i'aurois prise, si ie ne preferois à mon vtilité, & à tout ce que i'ay de plus cher, l'honneur d'estre vostre seruante,

BEATRIX.

Sans doute Beatrix vous a bien choisie.
Estes-vous de Madrid ?

LEONORE.

Ie suis d'Andalouzie;
Mais i'ay seruy long-temps vne Dame à Madrid
Auec affection quoy qu'auec peu d'esprit.

FLORE.

Vous sçauez bien coëffer?

LEONORE.

On me le persuade:
Pour l'embellissement, il n'est point de pommade,
Il n'est point de secret qu'on me puisse monstrer,
Ie sçay coudre & blanchir à me faire admirer,
Enfin, si i'ay l'honneur d'estre vostre seruante,
Vous verrez si ie sçay les choses que ie vante.

FLORE.

Quels gages gagnez-vous?

LEONORE.

Ie suis sans interest,
Vous les pouuez regler à si peu qu'il vous plaist;
L'honneur de vous seruir m'est trop de recõpense.

FLORE.

Ie vous dois sçauoir gré de cette confinace,
Ie vous prens & croyez, demeurant auec moy;
Que vous ne perdrez pas vostre temps.

LEONORE.

Ie le croy.

FLORE.

Comment auez vous nom?

LEONORE.

On m'appelle Isabelle.

FLORE.

Ie vous trouue vn deffaut; mais c'est d'estre trop (belle.

LEONORE.

Quand bien ie la serois, quelque fois la beauté,
Est vn bien dangereux, ou sans vtilité.

FLORE.

Ie puis iuger encor par cette repartie,
Que vostre esprit bien fait a de la modestie.

SCENE IV.

DOM LOVIS, FLORE, MARINE.

D. LOVIS.

IE viens vous faire part du plaisir que ie sens.
Ce Cousin que i'aimay dés mes plus jeunes ans,
Dom Carlos de Roxas arriué de Castille
Est nostre hoste aujourd'huy, d'où vous vient cette fille ?

FLORE.

Beatrix me l'enuoye, & i'ay crû la prenant
Vous auoir fait plaisir.

D. LOVIS.

Oüy ma sœur, & tres grand;
L'aimant comme ie fais, l'obliger c'est me plaire,
De grace efforcez-vous de faire bonne chere,
A l'aimable parent qui nous est venu voir:

FLORE.

Ie m'en vay donner ordre à le bien receuoir.

D LOVIS *s'en va.*

Et moy vous l'amener.

FLORE.

De colere em'rasée,

A le bien diuertir, ie suis mal disposée,
Qu'il vient à contre-temps!

MARINE. *Entre.*

Madame vn mot tout bas,

FLORE.

Quoy?

MARINE.

Dom Sanche est icy.

FLORE.

Ne me l'amene pas.

MARINE.

Si sont-ils des tantost le valet, & le Maistre
Dans la chambre voisine.

FLORE.

Et que dit-il le traistre?

MARINE.

Il ne sçait rien encor.

FLORE.

Qu'il sçache tout de toy. *Elle sort.*
Ie ne le veux point voir. Ma fille suiuez moy.

LEONORE. *A part.*

A quelle extrémité me reduit ma disgrace?

MARINE.

La soubrette en sortant a fait vne grimace,
Ie la trouue réueuse, & ie me trompe bien.
Où son cher petit cœur aime si peu que rien,
Mais laissons le brusler, ce n'est pas nostre affaire.
Auec nos deux Amans qu'auons nous donc à faire?
Ie ne sçay, ma Maistresse à l'esprit bien aigry,
Et d'ailleurs son amant m'a le cœur attendry,
Sortez Monsieur, sortez.

SCENE V.

DOM SANCHE, MARINE.

D. SANCHE.

Est-elle donc visible?

MARINE.

Peut-estre.

D. SANCHE.

Ha! tu me fais vne frayeur terrible.
Parles-tu tout de bon? Mais la voicy venir.

MARIN.

Oüy ma foy, le pauuret n'a qu'à se bien tenir.
Mais ie sçay qu'en amour la plus grande querelle.
Au lieu de diuiser reunit de plus belle.
C'est ietter vn peu d'eau dans vn brasier ardent.

SCENE VI.

SCENE VI.

FLORE, DOM SANCHE.

FLORE.

IL me trahit l'ingrat, & me voit l'impudent !
Dom Sanche? où venez-vous? & que pensez-vous faire?
Et n'auez vous point peur de rencontrer mon frere?
Vous n'auez pas tousiours vescu si bons amis,
Que vous me deuiez voir, sans qu'il vous l'ait permis.

D. SANCHE.

Vostre frere auroit droit d'y trouuer à redire;
Mais vous dont la Beauté sans cesse à soy m'attire,
Vous me permettez bien pour vous venir reuoir,
De ne considerer ny respect ny deuoir.
Et vous pouuez iuger par cette impatience,
Des maux que i'ay soufferts dans vne longue absence.

FLORE.

Ie n'attendois pas moins que des galans discours,
De qui vient du païs des galantes amours.

D. SANCHE.

Hà ! Madame ! la Cour le sejour des délices,
Ne m'a paru sans vous qu'vn enfer de supplices;

Ce n'eſt pas que la Cour n'ait de charmans appas;
Mais ie ſuis touſiours triſte, où ie ne vous voy pas.
Cõbien de fois mes yeux ont ils versé des larmes,
Dans vn temps, où Madrid auoit le plus de charmes?
Combien de fois les bords du clair Manſanarets
Ont-ils eſté teſmoins de mes triſtes regrets?

FLORE.

Vous m'attendriſſez fort en me faiſant entendre
Tout ce qu'en vn Romant on peut lire de tendre.
Quoy, bons Dieux! à la Cour, où tout charme, où tout rit,
La triſteſſe a touſiours regné ſur voſtre eſprit!
Voit-on d'vn autre amant vne plus belle vie?
Voſtre fidelité me donne de l'enuie:
Si ie pouſſe la mienne auſſi loing, ie pourray
La voir comme la voſtre au ſupréme degré.

D. SANCHE.

Ce langage mocqueur eſt vn peu fort, Madame.

FLORE.

C'eſt l'effect de la ioye où s'emporte mon ame,
De vous reuoir viuant, & vous auoir crû mort.

D. SANCHE.

Eſtre abſent, ou mourir, ne different pas fort.

FLORE.

On ne vous crût pas mort des rigueurs d'vne abſence:
Mais d'vn cœur ſans pitié: c'eſt le bruit de Valence:
Qu'elle apparence auſſi de viure ſans amour,
Entre tant de beautez qui brillent à la Cour?

D. SANCHE.

Pour vn autre que vous, moy ſoûpirer Madame?
Hà! vous connoiſſez mal les ſecrets de mon ame.

FLORE.

Ie les ay mal connus, mais ie les connois mieux,
Depuis que vous auez abandonné ces lieux.

D. SANCHE.

Sur quelque faux rapport, vous en iugez peut-estre.

FLORE.

Hé bien! i'auoüeray donc de ne le pas connoistre.

D. SANCHE.

Hà! cette indifference est vn signe apparent.

FLORE.

Que vous ne m'estes plus qu'vn homme indiffe-
rent.
Et que faussant la foy que l'on m'auoit promise,
On pert de mon amour l'esperance permise.

D. SANCHE.

Ie ne vous puis nier qu'vn funeste accident.

FLORE.

Voulez-vous déguiser vn mensonge éuident?
Songez que vostre front qui rougit & se trouble,
Me parle malgré vous contre vostre ame double.

D. SANCHE.

Que ne pourroit troubler vn sort si mal-heureux?
Ma partie est mon Iuge, & Iuge rigoureux.

FLORE.

Ie ne veux point ces noms de Iuge, & de Partie,
Ie veux absolument que D. Sanche m'oublie;
Ie luy permets aussi s'il veut de me haïr.

D. SANCHE.

Il mourra bien plustost que de vous obeïr.

FLORE.

Qu'il viue donc heureux pour cette belle fille,
Qui le pût retenir si long-temps en Castille.

D. SANCHE.

Ie la vis, il est vray; mais ce fut sans amour.

FLORE.

Oubliez vous dé-ja cét Astre de la Cour?
Me voyant l'auez-vous de vostre ame effacée,
Ainsi qu'en la voyant, vous m'en auez chassée?
Vostre sang qu'vn Riual répandit à ses yeux,
Dans son cher souuenir vous conseruera mieux,
Allez Dom Sanche, allez retrouuer cette belle.
Elle est digne de vous; vous estes digne d'elle;
Ses charmes vous ont fait reuolter contre moy;
Les vostres l'ont portée à rompre aussi sa foy.
Le Ciel qui vous a fait sans doute l'vn pour l'autre,
Deuoit bien à son cœur, vn cœur comme le vostre.
Mais ne luy parlons plus par des déguisemens,
Découurons à l'ingrat mes iustes sentimens.
Dom Sanche! ie vous hay d'vne haine mortelle,
Comme vn amant ingrat, vn lasche, vn infidelle.
Vn homme dans Madrid pour venger son amour,
Vous a quasi reduit à vostre dernier iour.
Vne femme peut bien vous faire dans Valence,
Courre vn mesme peril pour vne mesme offence.

D. SANCHE.

Si vous vouliez m'ouyr....

FLORE.

Ne me parlez iamais.
Retournez à Madrid, & me laissez en paix.

SCENE VII.

MARINE, FLORE, D. SANCHE. CARDILLE.

MARINE.

TOut est perdu.

FLORE.

Quoy donc?

MARINE.

L'on frappe, & ie soupçonne
Que c'est pour nos pechez vostre frere en personne.

FLORE.

Quel accident Marine!

MARINE.

Où les cachera-t'on?

FLORE.

Que sçay-je? où tu voudras; songe,

MARINE.

Dans le balcon.

Et si l'on veut l'ouurir, la clef sera perduë;
En tout cas, ils n'auront qu'à sauter dans la ruë.

FLORE.

On refrappe, haste-toy de cacher cét ingrat.

MARINE.

Il paroist tout contrit. *Ils s'en vont.*

FLORE.

Ce n'est qu'vn scelerat.
O qu'il est mal-aisé de garder sa colere,
Quand celuy qui la cause, a le secret de plaire,
Et que le souuenir d'vne offence d'amour
Dure trop dans vn cœur, s'il dure plus d'vn iour.
A peine ay-je fait craindre vne eternélle absence
A cét ingrat amant que i'aime, & qui m'offence,
Que i'ay peur de le perdre, & mon cœur impuissãt
Qui le haït criminel, le souhaitte innocent;
Amour trop violent! trop seuere conduite!
De vos conseils diuers quelle sera la suitte?
Chasseray-je vn ingrat qui vient de me trahir?
Sçaura-t'il que mon cœur ne le sçauroit haïr?
Qui peut s'imaginer le trouble de mon ame?

SCENE VIII.

MARINE, FLORE.

MARINE.

Moy.

FLORE.

Tu m'escoutois donc ?

MARINE.

Vous l'auez dit, Madame ;
Mais c'est pour vous oster du trouble où ie vous voy,
Pourueu que vous vouliés vous en remettre à moy.
Il faudra qu'on se fâche, & que l'on me querelle,
Quand ie rameneray vostre Esclaue infidelle,
Et ie feray par là d'vne pierre trois coups :
Ie r'accommoderay le coupable auec vous :
Vous ne laisserez pas de bien faire la fiere,
Et de vous conseruer dans vostre humeur altiere,
Dom Sanche me deura son r'accommodement,
Et m'en regallera, s'il a du iugement.

FLORE.

Trauaillè à mon repos, & mesnage ma gloire.

MARINE.

L'vn & l'autre est aisé, si vous m'en voulez croire;
A propos, vostre frere au bas de l'escalier,

Conteste pour l'entrée auec son Caualier :
Quand ils se seront fait de grandes reuerences,
Force ciuilitez, & force déferences,
D. Loüis vous viendera presenter son Cousin,
De qui vous entendrez quelque compliment fin.
Tandis que ce Cousin radoucy de visage,
Vous rendra ses respects en sublime langage;
D. Sanche peut sortir ; mais d'vn autre costé,
Ie me viens d'auiser d'vne difficulté,
Vostre frere inquiet autant qu'homme du monde,
Quand il donne à manger sur sa grand' table ronde,
Et que son ordinaire est vn peu rehaussé,
Va, vient, monte, descend, & fait fort l'empressé.
Quand il ira cent fois visiter sa cuisine,
S'il alloit rencontrer, & Dom Sanche, & Marine,
Indubitablement, il les roüeroit de coups,
Et ses coups pourroient bien s'estendre iusqu'à vous.
Laissons le donc encore auecque son Cardille
Contempler à loisir le balcon, & sa grille,
Iusqu'à tant que la nuit de couleur de charbon,
Deïté fauorable à tous gens de Balcon,
Inspire le sommeil à tout nostre Hemisphere,
Et l'inspire sur tout à Monsieur vostre frere :
Lors i'iray seurement les des-embalconner.

FLORE.

I'approuue assez l'auis que tu viens de donner,
Va les en aduertir, & ne demeure guieres,
Affin de reuenir preparer des lumieres.

Fin du Second Acte.

ACTE III.

SCENE PREMIERE.

DOM LOVIS, DOM CARLOS,
FABRICE.

D. LOVIS.

Vous nous quittez si-tost ?

D. CARLOS.

Vous sçauez mes affaires;
Ie ne veux pas manquer l'Escadre des Galleres,
Qui sont à Barcelonne, & qui partent demain.
I'esprouue en mon païs vn sort trop inhumain,
Pour n'aller pas chercher dans vne estrange terre,
Le repos que la mort fait trouuer dans la guerre.
C'est vn bien qui iamais ne manque aux malheureux.

D. LOVIS.

Puis-je vous obliger d'attendre vn iour ou deux?

D. CARLOS.

Si c'est pour vous seruir, i'attens ma vie entiere.

D. LOVIS.

Ie ne vous ferois pas vne telle priere,
Et ne vous romprois pas vn voyage arresté,
Sans auoir pour excuse vne necessité.

D. CARLOS.

Que la raison en soit, ou bien foible ou bien forte,
Vous seruir me suffit, le reste ne m'importe,
Ie ne pars point Fabrice, il faudra renuoyer
Les Cheuaux arrestez.

FABRICE. *Sort.*

Et pas moins les payer.

D. CARLOS.

Sors.

D. LOVIS.

Vne ieune Sœur n'est pas au soin d'vn Frere,
Vn tranquille trauail, vne charge legere.
La mienne a de l'esprit, est sage, aime l'honneur;
Mais rien n'est si changeant aux filles que l'humeur;
Et quand ses actions feroient médire d'elle,
I'en sçaurois des derniers la fascheuse nouuelle.
Hier quand ie vous eus mis dans vostre appartement,
Afin qu'en mon logis vous fussiez seurement,
Ie vis fermer ma porte, & contre l'ordinaire,
Ie voulus de mes clefs estre dépositaire.
A peine me laissois-ie assoupir au sommeil,
Quand vn bruit surprenant qui causa mon réueil,
Me fit sortir du lit, & courre à la fenestre,
Curieux de sçauoir ce que ce pouuoit estre.
Ie vis de mon Balcon deux hommes descendans,
Et fermer le Balcon par quelqu'vn de dedans.

Soit larcin, soit amour, l'vn & l'autre m'oblige,
A craindre vn mal qui croist pour peu qu'on le neglige :
I'en suis en des soupçons que ie n'ose auerer,
Le bruit que i'en ferois peut le mal empirer ;
Ce peut estre aussi-tost ma sœur qu'vne seruante,
Et ie pourrois m'en prendre à la plus innocente.
Vous voyez mon Cousin, quel accident fâcheux,
Me fait auoir besoin d'vn amy genereux :
Ie croy l'auoir en vous qui m'aimez & que i'aime,
Comme vn tres-cher parent, comme vn autre moy-mesme ;
Et qui caché chez-moy, sans qu'on en sçache rien,
Verra de ma famille, & le mal & le bien ;
Y veillera pour moy, tandis que mon absence,
Pour de pareils desseins donne toute licence.
Afin de mieux cacher cét important secret,
De vostre prompt depart, ie feindray du regret,
Et feray vos adieux à vostre Leonore.
Par bon-heur tout mon monde est dans le lit encore,
Et hors vostre valet.

D. CARLOS.

Pour luy ne craignez rien.
Fiez vous-y sur moy.

D. LOVIS.

La feinte ira donc bien.
Caché dans cette chambre, où i'enferme mes liures,
Où seul i'auray le soin de vous porter des viures,
Et dont seul i'ay la clef, vous pourrez aisément
Découurir les autheurs de ce déreglement.
Ie rougis de l'employ qu'il faut que ie vous dône.

D. CARLOS.

Gardez ce compliment pour vne autre personne
Sur qui vous n'auez pas vn absolu pouuoir.
Nous en blasmions l'excés, vous & moy hier au soir;
M'en faire, c'est douter de l'ardeur de mon zele:
Mais Fabrice reuient.

SCENE II.

FABRICE, DOM CARLOS, DOM LOVIS.

FABRICE.

Vous dire vne nouuelle
Qui déplaist à Fabrice, & qui vous déplaira.

D. CARLOS.

Qu'est-il donc arriué?

FABRICE.

Dom Pedre de Lara,
Pere de Leonore, est en bas qui demande
Le Seigneur Dom Loüis.

D. CARLOS.

O Dieu! que i'apprehende
Qu'il ne trouue sa fille!

D. LOVIS.

Elle est encore au lit...

D. CARLOS.

Il sçait qu'elle est icy...

D. LOVIS.

Qui luy peut auoir dit?

Alors que l'on sçaura le sujet qui l'ameine,
Il sera temps assez de vous en mettre en peine:
Mais le voicy déja, cachez-vous mon Cousin,
Ce Castillan paroist vn vieillard fort mutin.

SCENE III.

DOM PEDRE, DOM LOVIS.

DOM PEDRE.

Estes-vous Dom Loüis?

D. LOVIS.

C'est ainsi qu'on me nomme.

D. PEDRE.

De Roxas?

D. LOVIS.

Oüy, Monsieur.

D. PEDRE.

Cette lettre est d'vn homme,
Qui croit qu'auprés de vous elle seule suffit,
Pour m'y faire appuyer de tout vostre credit,
Dans l'affaire d'honneur qui m'amene à Valence;
C'est du Duc d'Alue.

D. LOVIS.

Il a sur moy toute puissance.

Il lit la Lettre.

On a enleué la Fille de Dom Pedre de Lara. Le Rauisseur est dans Valence; Ie vous prie de croire qu'en seruant Dom Pedre, qui est mon Parent & mon Amy; Vous obligerez.

LE DVC D'ALVE.

Vous auez entendu ce que le Duc m'écrit.
Il a pû vous offrir le bras, & le credit
D'vn homme qui luy doit encore dauantage;
Mais il faut que ie sçache auant que ie m'engage,
Quel est ce Caualier à qui vous en voulez.

D. PEDRE.

Ie m'apperçoy par là de ce que vous valez,
Et c'est estre prudent que prendre connoissance,
Si vous deuez ou non, m'offrir vostre assistance.

D. LOVIS.

Ie ne manquay iamais à ce que i'ay promis:
Mais ie ne promets rien qui blesse mes amis.

D. PEDRE.

D. Sanche de Lussan, a-t'il l'honneur d'en estre?

D. LOVIS.

Non, mais i'ay seulement celuy de le connoistre.

D. PEDRE.

Ie vous apprendray donc, puis qu'il ne vous est rien,
Qu'il est mon ennemy.

D. LOVIS.

I'en feray donc le mien,

D. PEDRE.

Ce D. Sanche à Madrid galantisoit ma fille,
Cette peste fatale à sa noble famille.
Vn Riual l'attaqua dans sa chambre vne nuit,
Le laissa demy mort, & ma fille s'enfuit.
La Iustice en connut, & fit ses procedures:
Mon honneur demandoit plus que des escritures,
Ie laissay donc guerir ce Dom Sanche en prison,
Et cherchay son Riual pour en tirer raison;
Mais ie ne pus sçauoir, quoy que ie pusse faire,
Où se cachoit ma fille, & cét autre aduersaire.
De ces deux ennemis vn seul donc m'est connu,
C'est Dom Sanche, & ie sçay qu'il est içy venu:
Ma fille l'a suiuy, sa Maistresse, ou sa femme;
Car hors luy qui voudroit se charger d'vne infame?

D. LOVIS.

Ce Riual inconnu peut l'auoir comme luy.

D. PEDRE.

Oüy, si l'on n'auoit sçeu de luy mesme auiourd'huy,
Qu'il est depuis vn iour arriué dans Valence.

D. LOVIS.

C'est encore en iuger sur la seule apparence.

D. PEDRE.

Mais on m'a dit souuent par tout où i'ay passé,
Alors que i'ay pris langue, & qu'on ma vû pressé,
Que des gens de cheual dont ie suiuois la piste,
Emmenoient auec eux vne femme fort triste:
C'est sur ce fondement que ie veux l'attaquer,
Sur l'vn de ces Riuaux ie ne sçaurois manquer.
Puis qu'ils m'ont l'vn & l'autre osé faire vne offence,

De montrer à l'Espagne vne illustre vengeance.
Adieu, ne sortez point.

D. LOVIS.

Ie fais ce que ie dois.

D. PEDRE.

Ce sera donc, Monsieur, pour cette seule fois.

SCENE IV.

DOM CARLOS, FABRICE.

D. CARLOS. *Sortant d'où il estoit caché.*

HEureusement pour nous le vieillard prend le change.
O Dieux ! que dois-ie faire en ce rencontre estrange ?
Dois-ie pas m'esloigner d'vne ingrate beauté ?
Dois-ie l'abandonner en cette extrémité ?
Et me dois-ie cacher ? vn amy m'en conjure,
Vn parent dont i'esprouue vne amitié si pure.
Comment dont accorder ces deuoirs opposez,
Que l'amour & l'honneur rendent si mal-aisez ?
Fabrice, il faut aller auertir Leonore,
Que son Pere la cherche, il luy faut dire encore
Que sans luy dire adieu, i'ay party ce matin,
Et pour toy, que tu sers desormais mon Cousin.

FABRICE.

I'y vay ; mais quelqu'vn vient, cachez-vous.

SCENE V.

FLORE, LEONORE, MARINE.

FLORE.

Isabelle?

LEONORE.

Madame.

FLORE.

Acheuez donc de remplir ma dentelle.

LEONORE.

Elle est toute remplie à quelque chose prés :
Voulez-vous qu'à l'instant ie me remette aprés?

Leonore sort.

FLORE.

Oüy, Marine?

MARINE.

Madame.

FLORE.

Il n'est pas necessaire
Que cette Fille ait part dans ce que ie vay faire.
Va-t'en donc l'obseruer, Marine, & garde bien
Qu'elle ne me surprenne.

MARINE.

Elle n'en fera rien.

FLORE.

Et Dom Sanche?

MARINE.

Il soûpire en ma chambre, il lamente;
Il meurt en attendant que ie vous le presente.

FLORE.

Va le faire monter.

MARINE.

Vous l'allez voir tremblant, *Elle sort.*

FLORE.

Il n'a pas tant de peur qu'il en fait le semblant.
O raison sur mon ame autrefois absoluë!
O vertu qui m'auez si souuent secouruë!
Ma fierté, mes dédains, mon deuoir, mon honneur,
Que vous resistez mal à ma folle fureur!
Mais quand vous m'offririez vos conseils salutaires,
Ma passion vous croit des vertus trop austeres,
Et mon cœur qui la croit plustost que ma raison,
Cherit le mal qu'il souffre, & craint sa guerison.
Quoy! Dom Sanche à mes yeux ose paroistre encore, *Dom Sanche entre.*
Dom Sanche vn infidelle, vn Amant que i'abhorre?

SCENE VI.

DOM SANCHE, FLORE.

D. SANCHE.

DOm Sanche, vn infidelle, vn Amant odieux,
Pour la derniere fois se presente à vos yeux,
Pour obtenir enfin le pardon qu'il demande:
Sa faute, il le sçait bien, ne peut estre plus grande;
Aussi, confesse-t'il d'auoir trop merité,
D'estre puny de vous auec seuerité;
Si la vostre à sa mort est enfin resoluë,
Vous pouuez l'ordonner de puissance absoluë.

FLORE.

Ie ne veux point ta mort.

D. SANCHE.

C'est assez la vouloir,
Que de me declarer indigne de vous voir,
Et c'est me dire assez ce qui me reste à faire,
Pour me mettre en estat de ne vous plus déplaire.

FLORE.

Ingrat! qui sçais tenir de semblables discours,
Qui te forçoit d'aimer pour n'aimer pas toûjours!

D. SANCHE.

Ie vous aimay toûjours, & d'vne ardeur extréme:
Mais ne voit-on iamais offencer ce qu'on aime?

Doit-on faire durer si long-temps vn courroux ?
Nous offençons les Dieux qui peuuent tout sur nous ;
Mais ces Diuinitez qui quelquefois punissent
Pardonnent plus souuent, & iamais ne haïssent.
Conformez-vous, Madame, à ces Diuinitez,
Dont vous auez déja les celestes beautez,
L'Esclaue fugitif qui reuient dans vos chaînes,
Puny par son remors autant que par ses peines,
En a souffert assez pour apprendre aux ingrats,
Qu'il est des chastimens pires que le trespas.

FLORE.

Et tes discours flatteurs, & tes trompeuses larmes,
N'ont pour moy desormais ny merites ny charmes
Meschant qu'on ne peut trop, ny trop long-temps haïr,
Ne tient-il qu'à tromper, ne tient-il qu'à trahir,
A cause qu'on sçaura se valoir de ses feintes ?
A moy que tu trahis, tu fais de moy des plaintes ?
Infidelle ! ha iamais ne parois deuant moy ;
Ce sont-là de vos tours, Marine ?

MARINE.

En bonne foy,
Il s'est comme vn Lyon, vn Tigre sanguinaire.
Poussé iusques icy, quoy que ie pûsse faire.
Vn homme plein d'amour est pire qu'enragé,
Prend tout sans demander, entre & sort sans congé.

SCENE VII.

CARDILLE, DOM SANCHE, FLORE, MARINE.

CARDILLE.

SOngez à vous Seigneur.

D. SANCHE.

Et qu'eſt-ce donc Cardille!

CARDILLE.

Dom Loüis, qui fait tant du Pere de famille,
M'a vû; monte aprés moy de fort mauuaiſe humeur.
Il nous tient pour ce coup.

FLORE.

I'en ay toûjours eu peur.

MARINE.

Ne perdons point de temps: entrez dans cette Chambre.

D. SANCHE.

Moy, me cacher?

FLORE.

Oüy, vous.

CARDILLE.

I'en ſuis pour plus d'vn membre;
Que ne ſuis-ie dehors pour cent coups de baſton!

MARINE.

Cache-toy promptement, impertinent Bouffon!

SCENE VIII.

D. LOVIS, FLORE, D. CARLOS.

D. LOVIS.

IL ne peut m'eſchapper.

FLORE.

Et qu'auez vous mon frere ?

D. LOVIS.

Vous le verrez ma Sœur.

FLORE.

Vous eſtes en colere.

D. LOVIS.

J'y ſuis auec ſujet : laiſſez-moy ſeul icy.

FLORE.

Mais pourquoy vous laiſſer ?

D. LOVIS. *Elle s'en va.*

Mais il le faut ainſi.

C'eſt moy mon cher Couſin, laiſſez ouurir la porte. *Tirant vne clef de ſa poche.*

D. CARLOS. *Sort.*

Qu'auez-vous découuert ?

D. LOVIS.

Enfin, i'ay fait en ſorte,
Que les gens du balcon ſeront pris ſur le fait,
Si du balcon en bas ils ne font le trajet.
Voſtre vallet prend garde à la porte fermée,
Ma famille s'en trouble, & paroiſt allarmée.
Si ie puis découurir que quelqu'vn de chez moy
Ait eu la moindre part .... Mais qu'eſt-ce que ie voy ?

SCENE IX.

D. SANCHE, LEONORE, D. LOVIS, DOM CARLOS, MARINE.

D. SANCHE. *Sortant effrayé d'vne chambre, où il a trouvé Leonore.*

O Mbre qui me poursuis! n'es-tu pas assouuie
De m'auoir vû chez toy prest de perdre la vie,
Sans encore venir, spectre horrible à mes yeux,
Te ioindre aux ennemis que ie crains en ces lieux?

LEONORE. *Effrayée de voir D. Sanche.*

Ou Dom Sanche, ou Phantosme, objet qui m'es funeste,
Estant cause dé-ja qu'vn espoux me déteste,
Et m'ayant fait sortir du logis Paternel,
N'estois-tu pas assez enuers moy criminel,
Sans venir en barbare, en tygre impitoyable.
Acheuer les mal-heurs de mon sort déplorable.

D. LOVIS. *A part.*

C'est donc pour Leonore, que D. Sanche est-icy?

D. CARLOS. *Entr'ouurant la porte de sa chambre, où il est caché.*

L'ingratte Leonore me trompe donc ainsi?
Au moins feray-ie quitte auec cette infidelle.

D. LOVIS. *A part.*

Au moins ma sœur n'est pas enuers moy criminelle.

D. SANCHE.

Dom Louis, il eſt vray, ie ſuis en ta maiſon.

D. LOVIS.

Oüy, Dom Sanche, où ton ſang me doit faire raiſon.

D. SANCHE.

Mais deuant que de croire vne aueugle vengeance,
Souffre que ie te parle, & voy ſi ie t'offence;
Et ſi de mes raiſons tu n'es pas ſatisfait,
De ta fiere menace on pourra voir l'effet.
I'ay ſeruy dans Madrid cette fille; & chez elle
Contre vn de ſes Amans ie pris vn iour querelle.
Nous en vinſmes aux mains, & ie fus fort bleſſé,
Ie la viens voir chez toy, t'ay-ie fort offenſé?
L'amour peut ce me ſemble excuſer vn tel crime.

D. LOVIS.

C'eſt me manquer chez moy de reſpect, & d'eſtime,
Qu'y faire le galant lors que ie n'y ſuis pas:
Pour vne moindre offenſe on donne le treſpas;
Mais fuſt-elle excuſable, il faut ſçauoir encore
Si tu ne me ments point: dit-il vray, Leonore?

D. CARLOS. *D'où il eſt caché.*

Que dira cette ingratte?

LEONORE.

Il dit la verité:
C'eſt par luy Dom Loüis, que tout bien m'eſt oſté,
Ie me trouue par luy ſans païs, & ſans Pere,
La haine d'vn Eſpoux; reduite à la miſere
De ſeruir de ſuiuante, & ſans voſtre ſecours,
Les mal-heurs qu'il me cauſe; auroient finy mes iours,

MARINE.

MARINE. *Bas à Flore.*

La prudente Soubrette a parlé comme vn Ange :

FLORE.

Elle en dit trop Marine.

MARINE.

Ha vous estes estrange !

Ie n'aurois peu moy mesme aussi bien controuuer.

D. LOVIS.

Vne difficulté reste encore à leuer :

Est-ce la seule fois qu'en Amant temeraire

Tu t'es caché chez moy ?

D. SANCHE.

Bons Dieux ! que dois-ie faire ?

Le mensonge me sert, la verité me nuit ;

Mais cessons de mentir, ie passay l'autre nuit,

Caché dans ton balcon.

D. LOVIS.

Tu sautas dans la ruë ?

D. SANCHE.

Ie ne le puis nier.

D. LOVIS.

Ta mort est resoluë :

Deffens-toy si tu peux.

D. CARLOS. *Sortant d'où il est caché.*

C'est à moy, c'est à moy,

De le punir encore.

D. SANCHE.

Et que me veux-tu, toy ;

Qui m'estant inconnu, viens m'attaquer en traistre?

D. CARLOS.

Ie t'ay pourtant donné sujet de me connoistre,

Ce fut lors que mon bras tout ton sang répandit,

Ou bien lors que le tien si mal te deffendit.

D. SANCHE.

Tu te liures toy mesme à ma iuste vengeance.

D. LOVIS.

Mon Cousin, laissez moy punir son insolence.

FABRICE. *Entre & veut frapper D. Sanche.*

Point de cartier, main basse.

MARINE. *L'arreste.*

Arreste mal-heureux.

D. SANCHE.

C'est donc, contre moy seul, trop peu que de vous deux ?

D. CARLOS.

Il dit vray : s'en venger auec tant d'auantage,
C'est moins vne action de valeur que de rage.
Ta foiblesse te sert, D. Sanche, sauue-toy ;
Tu n'auras desormais qu'à te garder de moy.

D. LOVIS.

D. Carlos n'est pas seul à menasser ta vie.

D. SANCHE.

Il ne tiendra qu'à vous d'en passer vostre enuie.
Qui seul contre vous deux se croit hors de danger,
Seul contre vn de vous deux peut bien se partager.

D. CARLOS.

Garde apres ta victoire vne telle insolence,
Et battu dans Madrid sois modeste à Valence.

CARDILLE. *Parlant bas à son Maistre.*

N'allez pas faire icy du vaillant indiscret,
Et filez doux, Seigneur, quoy qu'auecque regret,
Pour moy sans me piquer de faire l'ame forte,
Hardy comme vn lyon, ie viens d'ouurir la porte.
Sauuons nous.

D. SANCHE. *Se retirant.*

A demain, Castillan fanfaron.

D. LOVIS.

Insolent! souuiens-toy qu'on te traitte en poltron.

D. SANCHE.

Ie veux prendre mon temps, pour vous battre à mon aise.

CARDILLE. *Fermant la porte aprés soy.*

Et moy ie vous enferme, adieu race mauuaise.

D. LOVIS.

Le lasche esprouuera la valeur de mon bras.

FLORE.

Ha battez-vous mon frere, & ne l'outragez pas.
D'vn homme sans honneur la victoire est honteuse,
Et d'vn homme d'honneur la haine est genereuse.
Auoir à vaincre vn homme, & le perdre d'honneur,
C'est manque de prudence, ou bassesse de cœur.

D. LOVIS. *à part.*

On voit dans ses discours sa criminelle flâme.

D. CARLOS. *Parlant à Leonore.*

Tu ne me peux cacher le plaisir de ton ame,
De voir Dom Sanche encore eschapé de mes mains.

LEONORE.

Il est vray cher Charlos, ie t'aime, & ie le crains.

D. CARLOS.

Tu n'es pas auec luy d'intelligence? infame!

LEONORE.

Cesse de m'outrager, cher Espoux.

D. CARLOS.

Toy, ma femme?

Appelle ton Espoux ce lâche qui s'enfuit,
Qui te vient visiter, & le iour & la nuit,
Qu'il te faut peu de temps pour te faire connoistre!

LEONORE.

Si tu voyois mon cœur!

D. CARLOS.

Ie verrois vn grand traistre.

LEONORE.

Te dois tu prendre à moy de tes emportemens?

D. CARLOS.

As-tu crû conseruer à la fois deux Amans?

LEONORE.

Cruel! tu ne crois pas tout ce que tu m'imputes.

D. CARLOS.

Ha! c'est perdre le temps en de vaines disputes,
Mon Cousin, desormais ie ne fais rien icy,
Puis que de vos soupçons vous estes esclaircy.
Ie veux donc auiourd'huy sortir de cette ville,
Leonore chez vous n'a plus besoin d'Azile,
Puis que chez le Riual qu'elle m'a preferé,
Elle trouue celuy qu'elle a tant desiré.
Son Pere est à Valence, il faut qu'il en dispose:
Aprés tant de rumeur que chez vous elle cause,
Vostre sœur se plaindroit auec iuste raison,
D'auoir à la garder encore en sa maison.
Cependant, que Dom Sanche exalte sa vaillance,
Qu'il dise que la peur me chasse de Valence;
Que Leonore l'aime, & qu'il me pousse à bout:
Qu'il me l'oste; il en est quelque chose aprés tout;
Non qu'il me fasse peur; mais le laisser en vie,
Ce me seroit sans doute vne grande infamie,
Si mon cœur genereux qu'elle a traitté si mal
Ne respectoit en elle vn trop heureux Riual,
Et ce dernier seruice en vne ame équitable,

Seroit de tous les miens le plus considerable ;
Mais ingrate qu'elle est pour ne me deuoir rien,
Dira qu'elle le hait, & qu'elle m'aime bien.

LEONORE.

Oüy, ie le hay, ie t'aime, ou plustost ie t'adore ;
Mais toy cruel, tu haïs la pauure Leonore.

D. CARLOS.

C'est encore t'aimer que ne te pas haïr,
Toy qui m'as pû tromper, toy qui m'as pû trahir.

LEONORE.

Ce reproche dernier m'acheue, & te déliure
De l'obiet odieux qui sans toy ne peut viure.
Ie me meurs. *Elle s'euanoüit.*

D. LOVIS.

Elle tombe, hé prenez la ma sœur.
Marine !

MARINE.

C'en est fait.

D. CARLOS. *A part.*

I'en mourrois de douleur.

FLORE.

Portons-la dans ma chambre. *On l'emporte.*

MARINE.

Elle respire encore.

D. CARLOS.

Sauuons mon cher Cousin la vie à Leonore,
Si quelqu'humain remede est encor de saison.
Ie la distingue encor d'auec sa trahison ;
Et si cét accident alloit finir sa vie,
Sa mort seroit bien-tost de la mienne suiuie.

D. LOVIS.

Et pour elle, & pour vous, y prenant interest,
Ie vais voir chez ma sœur en quel estat elle est.

Il sort.

D. CARLOS.

Non, laissons la mourir, il n'y va plus du nostre,
Puis qu'elle ne vit plus que pour le bien d'vn autre:
Mais auec ses deffauts ne l'adores-tu pas ;
Et pourrois-tu mon cœur suruiure à son trespas ?
Quand tu deteste plus son humeur infidelle,
Ne te souuiens-tu pas à quel point elle est belle ?
Foible cœur ! qui ressens plus viuement l'effet
Du mal qu'elle a souffert, que du mal qu'elle a fait.
A quoy vont t'engager tes nouuelles tendresses?
Songe aux maux que t'ont fait ses trompeuses caresses,
Songe combien de sang nostre bras respandit
A l'infidelité que l'ingrate nous fit ;
Songe combien de sang on auroit pû respandre
S'il l'on eust obligé Dom Sanche à se deffendre,
Et songe foible cœur ! à quoy t'obligera,
Le bon-heur d'vn Riual qui la possedera.

Fin du troisiesme Acte.

ACTE IV.

SCENE PREMIERE.

DOM CARLOS, DOM LOVIS.

D. CARLOS.

Est-elle reuenuë ?

D. LOVIS.

Oüy, mais d'vne maniere,
Que ie la plaindrois moins de perdre la lumiere.

D. CARLOS.

Et qu'a-t'elle donc fait aprés sa pâmoison ?

D. LOVIS.

Elle a repris ses sens, & non pas sa raison,
Et m'a si fort paru de ses ennuis troublée,
Et si sourde aux discours qui l'auroient consolée,
Qu'en son esprit qu'accable vn chagrin triste, & noir,
Ie crains les accidens d'vn cruel desespoir.
De peur qu'elle ne soit à soy-mesme cruelle,
Et ma Sœur, & Marine auront les yeux sur elle :
Et vous, puisque son mal vient de vostre rigueur,
Traitez-la desormais auec plus de douceur.

D. CARLOS.

Vous vous estonnerez de ce qu'aimant encore,
Autant qu'on peut aimer l'ingrate Leonore,
Par vn effet d'amour qui n'eût iamais d'égal,
Ie veüille la ceder à mon heureux Riual.
Ceder à son Riual ainsi ce que l'on aime,
C'est bien ce qu'on appelle aimer plus que soy-mesme;
C'est bien l'effort plus grand que puisse faire vn cœur,
Que perdre son repos pour sauuer son honneur.

D. LOVIS.

Mon cœur, comme le vostre à l'amour tributaire,
Croit vn homme amoureux capable de tout faire;
Mais ie ne comprens pas, qu'estât bien amoureux,
On veüille à ses dépens rendre vn Riual heureux.

D. CARLOS.

C'est pourtant le dessein que i'ay pour l'infidelle;
C'est le dernier effort que ie feray pour elle,
Et par cette action l'imprudente apprendra,
Quel Amant elle perd quand elle me perdra.
Il faut que ce Riual, par vn prompt hymenée,
Restablisse l'honneur de cette infortunée;
Pour peu qu'il le refuse, il n'est rien icy bas
Capable de le mettre à couuert de mon bras.
Ie veux, soit que l'on s'aime, ou que l'on se haïsse,
Qu'auant la fin du iour, cét Hymen s'accomplisse.
Helas! si ie pouuois brûler d'vn autre feu!
Ie la perdrois sans peine, ou i'en souffrirois peu;
Mais ie pers tout en elle, & lors que ie la cede,
D'vn mal douteux encor, i'en fais vn sans remede.

D. LOVIS.

Ce genereux dessein que vostre amour a pris,
Ma donné de la ioye, & ne m'a pas surpris.

D. CARLOS.

Allez donc de ma part voir Dom Sanche, & luy faire
La proposition.

D. LOVIS.

La plus facile affaire
Cesse bien-tost de l'estre en la pressant trop fort.
Il ne faut pas aller à Dom Sanche d'abord.
Tout homme ayant du cœur fait-il la moindre chose
De ce qu'vn Aduersaire, vn Riual luy propose ?
Bien loin d'y consentir, il s'en offenseroit,
Quand bien sa passion par là se flatteroit.

D. CARLOS.

Il faut donc voir Dom Pedre, & luy faire promettre
De bien traiter sa Fille, & puis la luy remettre.
En suite à cét Hymen vous le disposerez,
Par les plus doux moyens que vous auiserez.

D. LOVIS.

Mais qui verra Dom Sanche ?

D. CARLOS.

Et qui le peut mieux faire
Qu'vn Pere interessé ?

D. LOVIS.

C'est pour rompre l'affaire,
Et ce futur Beau-pere, & ce futur Espoux
Sont ensemble aussi mal qu'ils le sont auec vous.
Ny Dom Pedre, ny vous ne deuez pas paroistre,
Où quelqu'vn moins suspect reüssira peut-estre.

Ma Sœur connoist Dom Sanche ; elle le peut mander,
Luy proposer la chose, & le persuader :
Outre que son esprit sans doute en est capable,
Vn tel employ me semble à son sexe sortable:
Et de plus Leonore chez elle, & ce qu'elle est,
L'oblige à la seruir par son propre interest :
Entrez donc dans ma chambre.

DOM CARLOS.

Il n'est pas necessaire
Que ie me cache encor.

D. LOVIS.

Le Riual ou le Pere
Pourroient vous quereller, s'ils vous trouuoient icy.

D. CARLOS.

Que vous seul sçachiez donc que ie me cache ainsi.

SCENE II.

FLORE, DOM LOVIS.

FLORE.

IE cherchois Dom Carlos : Leonore le demande.

D. LOVIS.

Ie venois comme vous le chercher,

FLORE.

I'apprehende
Qu'il n'ait suiuy Dom Sanche, & que se rencontrans,
La mort de l'vn des deux vuide leurs differends.

D. LOVIS.

Ie veux les obseruer craignant la mesme chose;
Mais de leurs differéds puisque l'on sçait la cause,
Il nous est fort aisé de les r'accommoder.
Pour peu que vous vouliez mes efforts seconder:
Ie vous vay donc fier vn secret d'importance.

FLORE.

Me fier vn secret! vous dont la défiance
M'a tantost outragée auecque tant d'aigreur?

D. LOVIS.

N'aimant rien tant que vous, si ce n'est mon honneur,
Et l'honneur d'vne Sœur estant celuy d'vn frere,
Ie croy n'auoir rien fait que ie ne dûsse faire;
Et vostre esprit possible en seroit satisfait,
S'il sçauoit les motifs de tout ce que i'ay fait.

FLORE.

De son frere vne Sœur n'est iamais satisfaite,
Quand d'injustes soupçons contre elle il s'inquiette;
Mais sçachons ce secret.

D. LOVIS.

Quand Dom Sanche & Carlos,
Seroient moins Ennemis, ne seroient point Riuaux;
Quand ie n'aimerois pas Carlos plus que ma vie,
Carlos à qui le Sang, & l'amitié me lie,
Dom Sanche est enuers nous à tel point criminel,
Que ie serois toûjours son ennemy mortel.

La querelle iamais n'en sera terminée,
Si l'vn deux préferé par cette infortunée,
Et luy rendant l'honneur deuenu son Espoux,
L'autre ne soit par là satisfait comme nous.
Agissez donc ma Sœur, de toute vostre adresse,
Calmez vn different où Carlos s'interesse ;
D'où peut naistre vn combat fatal à sa valeur,
Et pour nous vn suiet d'eternelle douleur.
Encor que Leonore auiourd'huy reconnuë,
Se tire du bas rang où nous l'auons tenuë :
Elle est chez nous encore, & c'est encore assez,
Pour estre auec Carlos de Dom Sanche offensez,
Parlez donc.

FLORE.

A Carlos ?

D. LOVIS.

Non, à son aduersaire,
A l'insolent Dom Sanche.

FLORE.

He bien, il le faut faire.

D. LOVIS.

Figurez luy les maux dont il est menassé,
De son Riual Carlos qui l'a déja blessé ;
De moy son ennemy ; du Pere de la Fille ;
Parent & fort aimé des plus grands de Castille ;
Qu'il trouue en cette Fille, outre sa seureté,
De l'honneur, des Amis, du bien, de la beauté.
Adieu, mandez Dom Sanche, & ie vay chercher l'autre. *D. Loüis sort.*

FLORE.

Ie vous obeïray. Quel destin est le nostre !
Dom Sanche fut toujours mon espoir, & mon bien ;
Il posseda mon cœur, ie posseday le sien,

Et par vne funeste & bizarre auanture,
Par vne loy d'honneur ; mais des loix la plus dure,
Il faut que ce soit moy, moy qui n'aime que luy,
Qui traitte son Hymen ; mais helas pour autruy.
Ainsi ie hasteray l'heure de mon supplice ;
Ainsi contre moy-mesme il faut donc que i'agisse,
Et qu'ayant tous les iours à cacher mes ennuis,
I'aye à passer en pleurs mes solitaires nuits ;
Mais deuant que donner à ce penser funeste
Les mal-heureux moments que ma vie a de reste,
Voyons Dom Sanche encore, & taschons de sçauoir
Qu'elle part en son cœur ie puis encore auoir,
Et pour peu que l'ingrat en son deuoir hesite,
La mort aux mal-heureux n'est iamais interdite :
Ce remede asseuré des maux qui n'en ont pas,
Ne peut intimider que des courages bas.
Marine à moy.

SCENE III.

LEONORE, FLORE, D. CARLOS.

LEONORE.

MAdame ?

FLORE.

Aimable Leonore !
Auez-vous nom Marine ; & seruez-vous encore ?

LEONORE.

Me rauir cét honneur, c'est vouloir tout m'oster.

D. CARLOS. *A part, en r'ouurant la porte de sa chambre.*

I'entens mon infidelle, il la faut escouter.

FLORE.

Ie n'exige de vous que d'estre mon amie.

Tu seras bien plûtost ma mortelle ennemie. *à part.*

LEONORE.

Quand ie vous veux seruir, ie fais ce que ie doy,
Aprés tant de bontez que vous auez pour moy.

FLORE.

Ie veux faire pour vous encore dauantage.

LEONORE.

Et que pourriez vous faire ?

FLORE.

Vn heureux mariage.

LEONORE.

Et le Ciel, & Carlos me veulent trop de mal.

FLORE.

Au deffaut de Carlos, vous aurez son Riual.

LEONORE.

Et par qu'elle action puis-je assez vous déplaire,
Pour meriter le mal que vous me voulez faire?

FLORE.

Et ne l'aimez-vous pas?

LEONORE.

Et pourrois-ie l'aimer,
Puis que i'ay mesme horreur à vous l'oüir nommer?
Les Monstres, les Serpens ; tous les obiets semblables,
Deuiendroient à mes yeux des obiets supportables,

Plustost qu'vn importun, de qui les vains desirs
Ont commencé mes maux, & finy mes plaisirs.

FLORE. *A part.*

Ne m'en dis plus de mal, puisque mon cœur l'adore.

LEONORE.

Le Ciel me gardoit-il cette disgrace encore?
Vn cruel?

FLORE. *A part.*

Tay toy donc.

D. CARLOS. *D'où il est caché, à part.*

Elle n'en parle ainsi,
Qu'à cause qu'elle sçait que ie l'entens d'icy.

LEONORE.

Vn Dom Sanche!

D. CARLOS. *A part.*

Vn Riual que ton cœur me prefere.

LEONORE.

M'espouser!

D CARLOS. *A part.*

Pourquoy non, puis qu'il a pû te plaire?

LEONORE.

Hà! Madame, quittez ce dessein mal-heureux
Trop malaisé pour vous, pour moy trop dangereux.

FLORE.

Mais ne songez-vous pas que par cét Hymenée....

LEONORE.

On haste de ma mort la fatale iournée;
Quand bien Dom Sanche auroit plus de bien, plus d'appas;
Quand il seroit aimable autant qu'il ne l'est pas;
Et quand bien ie serois cent fois plus mal-heureuse,

Ie luy prefererois la mort la plus affreuse.

FLORE.

Vous sçauez le peril qu'il a couru pour vous
Lors que dans vostre chambre il receut tant de cous ?

LEONORE.

Quoy bonDieu vous contez pour quelques grands seruices,
Les funestes effets de toutes ses malices ?

FLORE.

Vous voyez comme il suit ses amoureux desseins,
Icy comme à Madrid.

LEONORE.

Et c'est dont ie me plains

FLORE. *S'en allant.*

Songez y Leonore.

LEONORE.

Helas! lors que i'y songe
Et lors qu'en ce penser mon desespoir me plonge,
De mes mal-heurs passez le souuenir cuisant
Augmente la rigueur de mon mal-heur present.
Inhumain, Dom Carlos! que ne peux-tu m'entendre?
Non pour m'aimer encor; ie ne l'ose pretendre;
Mais afin que mon nom te soit moins odieux,
Lors que i'auray perdu la lumiere des Cieux.

D. CARLOS.

A-t'on iamais vû feindre, & fourber de la sorte?

LEONORE.

Ennemy qui m'es cher! mais on frappe à la porte.

SCENE IV.

DOM PEDRE, LEONORE, DOM CARLOS.

D. PEDRE.

LE Seigneur Dom Loüis.

LEONORE.

Et qu'est-ce que ie voy!
Iuste Ciel, c'est mon Pere.

D. PEDRE.

Infame, c'est donc toy :
Quel azile assez seur, quelle puissance humaine
Te peut mettre à couuert des effets de ma haine?

D. CARLOS. *Ouurant la porte, & tirant Leonore dans sa chambre.*

Ne crains rien infidelle, où sera ton Carlos,
Viens encore esprouuer comme il sert à propos.

D. PEDRE.

Il n'est chambre fermée où ne s'ouure vn passage,
L'impetueux effort d'vn homme qu'on outrage.
Ie te tiens mal-heureuse, & de ton chastiment,
Tu recules en vain le funeste moment.
Si l'honneur te donnoit des remors de ton crime,
Tu te viendrois offrir toy mesme pour victime ;
Mais celle qui perdit sa reputation,
Ne peut faire iamais vne bonne action,
Ouure fille perduë! ingrate! ouure à ton Pere.

LEONORE. *De l'autre costé de la porte.*

Ouurons luy cher Carlos.

D. CARLOS. *De l'autre costé de la porte.*

Non, non, laissons le faire.

D. PEDRE.

Et des pieds, & des mains.

SCENE V.

MARINE, FLORE, D. PEDRE.

MARINE.

Ce Caualier grison,
Veut-il à coups de pied démolir la maison?

FLORE. *entre.*

Marine, & d'où vient donc ce bruit espouuentable ?

MARINE.

De ce vieillard qui fait vne rumeur de diable.

FLORE.

Et deuant vne Dame, chez vn Caualier.
Temeraire vieillard, faut-il tant s'oublier!
Sçauez-vous qui ie suis? sçauez-vous où vous estes?
Et iusqu'où peut aller l'action que vous faites?

D. PEDRE.

Ie connois la maison dont ie trouble la paix,
Et iusqu'ou peut aller l'action que ie fais;
Mais quand d'vne maison plus qu'vn temple sacrée,

Et le fer, & le feu me deffendroient l'entrée,
I'oserois y chercher vn bien qui m'appartient,
Comme ie cherche icy celuy qu'on m'y retient.

FLORE.

Et que vous retient-on ?

D. PEDRE.

L'ingrate Leonore,
Qui iadis me fut chere, & qu'auiourd'huy i'abhorre ;
Rendez-la donc, Madame, ou ma iuste fureur
Remplit vostre maison de massacre, & d'horreur.

FLORE.

Vn homme de cét âge aime aussi Leonore ;
Et Dom Sanche, & Carlos ont ce Riual encore ?

MARINE.

Tant d'Amans à la fois ne se gardent pas bien,
Et qui veut tout auoir, le plus souuent n'a rien.

D. PEDRE.

Madame, encore vn coup faites moy la donc rendre.

FLORE.

Ha mon frere ! approchez, & nous venez deffendre, *D. Louis entre.*
Ce colere vieillard qu'on ne peut appaiser,
Ne veut pas moins chez vous que les portes briser.

SCENE VI.

D. LOVIS, D. PEDRE, FLORE.

D. LOVIS.

Tout beau ma sœur, parlez auec moins de colere :
Maistre absolu chez moy, Dom Pedre y peut tout faire.

D. PEDRE.

Estre Maistre chez vous n'est pas ce que ie veux,
Et ie sçay mieux regler mes souhaits & mes vœux,
Ie songe encore moins à vous faire vne offence,
Moy qui n'ay pour amy que vous seul dans Valence :
Mais ma fille est chez vous, & ie la veux auoir,
Et l'ayant vous deuiez me le faire sçauoir.

D. LOVIS.

La sçachant en ces lieux de vostre bouche mesme,
De la chercher par tout, i'ay pris vn soin extréme :
Enfin ie l'ay trouuée, & l'amenant chez moy,
Ie croy m'estre acquitté de ce que ie vous doy ;
Elle est auec ma sœur, & ne peut pas mieux estre:
Lors que ie vous verray de vous mesme le Maistre
Capable d'arrester vn premier mouuement,
Ie vous la feray voir ; mais non pas autrement.

D. PEDRE.

Ie vous suis obligé d'auoir trouué ma fille ;

Mais où trouuer l'honneur qu'elle oste à sa famille ?

D. LOVIS.

On peut vous rendre aussi ce seruice important;
Mais i'ay peur de manquer vn homme qui m'attend,
Et qui me peut seruir à vous tirer de peine.

FLORE. *Parlant bas à son Frere.*

Dom Sanche va venir.

D. LOVIS.

C'est pourquoy ie l'emmeine.
Allons Monsieur.

D. PEDRE.

Allons, c'est de vous seulement,
Que i'espere en mon mal quelque soulagement.

FLORE.

Vous n'auez plus à craindre aimable Leonore;
Et vous pouuez sortir.

D. CARLOS. *Parlant à Leonore en la laissant sortir.*

Non seulement à Flore;
Mais à qui que ce soit, ne va pas reueler.
Que Dom Carlos se cache.

FLORE.

Ils s'en viennent d'aller,
Vous auez eu grand peur.

LEONORE.

On doit craindre son Pere,
Quand on se sçait l'objet de sa iuste colere.

FLORE.

Vous pourriez aisément adoucir son esprit
Par cét heureux Hymen que ie vous auois dit.

LEONORE.

Cessez, si vous m'aimez, de songer dauantage;

A faire reüssir vn pareil mariage;
Songez au déplaisir que me pourroit causer
La dure extrémité de vous rien refuser.
La rigueur de mon Pere à ma perte obstinée,
Pourroit bien me forcer à ce triste Hymenée;
Mais par tant de moyens on trouue le trespas,
Que la peur d'vn tel mal ne m'inquiete pas
La haine de Carlos toûjours inéxorable,
Est bien vn plus grand mal, & bien moins supportable;
M'en guerir, c'est autant que me ressusciter;
Mais mon mal-heur commence à ne se plus flatter
Des espoirs mal fondez, il sçait trop la coustume,
De changer leur douceur en beaucoup d'amertume;
Il a trop esprouué combien leurs faux appas
Irritent les douleurs qu'ils n'adoucissent pas.

FLORE.

Venez-vous dans ma chambre?

LEONORE. *Flore sort.*

Allez ma chere Dame;
Ie vous suis. Cher Carlos, Maistre de mon ame,
Si d'vn si tendre nom i'ose encore appeller,
Celuy qui ne veut pas seulement me parler;
Ouure vn moment ta porte, & voy ta Leonore,
Sans ta protection preste à perir encore;
Vne seconde fois tire-la du tombeau

D. CARLOS. *Sortant de sa chambre.*

As-tu fait contre moy quelque crime nouueau?
Car c'est de nos destins la fatale ordonnance,
Que mon bras te protege, & que ton cœur m'offence.

LEONORE.

De nos destins plustost c'est la fatale loy.
Que tu ne m'aimes point, que ie n'aime que toy,

D. CARLOS.

Est-ce la ce grand mal dont ie te dois deffendre?

LEONORE.

C'en est biẽ vn plus grãd, si tu daignes m'entẽdre,

D. CARLOS.

Dis-le donc viste?

LEONORE.

Helas! pour comble de mes maux,
On m'ordonne d'aimer vn autre que Carlos.
Flore pour accomplir ma dure destinée,
Me vient de proposer Dom Sanche en Hymenée:
Et si ton noble cœur n'en détourne l'effet,
Tu perdras tout le fruit du bien que tu m'as fait.

D. CARLOS.

Tu me viens demander vne plaisante chose:
Romprois-ie cét hymen, puis que ie le propose?

LEONORE.

Toy cruel?

D. CARLOS.

Moy, perfide.

LEONORE.

Et pourquoy donc, ingrat?

D. CARLOS.

Pour rendre à ton honneur quelque sorte d'éclat.

LEONORE.

Inhumain peux-tu croire à tes soupçons encore?
Et n'as-tu pas oüy ce que i'ay dit à Flore,
Et de quelle façon i'ay traitté ton Riual,
Quand elle m'a parlé de cét Hymen fatal?

D. CARLOS.

He ne sçauois-tu pas que ie pouuois t'entendre?
Et dis moy quand ton Pere a pensé te surprendre,

Te serois-tu sauuée, à moins que l'auoir sceu
Dans la chambre où i'estois ? à cela que dis-tu ?

LEONORE.

Qu'alors qu'ō nous accuse, & que nostre innocēce,
Quoy que vraye en effet, est fausse en apparence;
Qu'il vaut autant mourir que de toûjours nier
Vn crime qu'on ne peut d'ailleurs iustifier. *Elle*

D. CARLOS. (*s'en va.*

Bons Dieux! si c'estoit moy qui fusse le coupable?
Si mes yeux pour le vray prenoiét le vray-sēblable?
S'il est vray que toûjours i'ay regné dās son cœur?
Mais aussi s'il est vray qu'elle n'a plus d'honneur?
Si lors qu'entre deux maux dont l'vn se peut élire,
C'est toûjours le plus seur que d'euiter le pire,
Acheuons son hymen, & sans plus hesiter,
Pour luy rendre l'honneur, laissons nous tout oster
Mais quand i'auray perdu toute mon esperance,
Me respons-tu mon cœur de ton indifference?
Et la pourras-tu voir dans les bras d'vn Riual
Au milieu des plaisirs se riant de mon mal?
Es-tu bien asseuré qu'vne ialouse rage
Ne tourne ses efforts contre mon propre ouurage,
Et que me repentant d'estre Amant genereux,
Ie ne trouble la paix de ces Amans heureux?
Mais fuis des passions dont tu n'es pas le Maistre,
Sois genereux mō cœur, on ne sçauroit trop l'être:
Rentrons dans cette chābre, allons y sans témoins
Abandonner nostre ame à ses tragiques soins.
Attendons y l'effet que nous pourra produire
Vn hymen qu'autrefois j'aurois voulu détruire;
Et quoy que cét hymen nous satisfasse ou non,
Empeschons nostre bras de noircir nostre nom.

Fin du quatriesme Acte.

ACTE V.

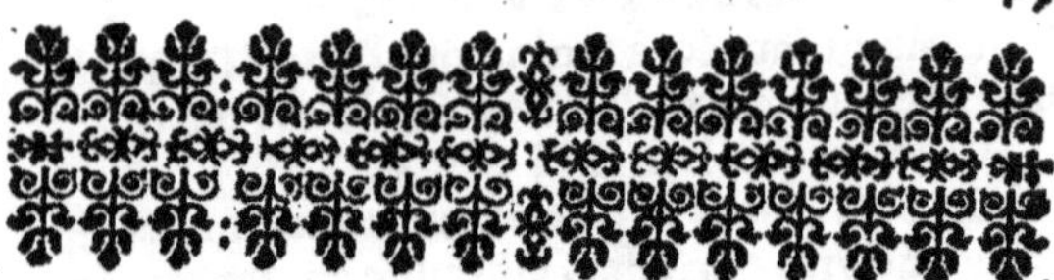

ACTE V.

SCENE PREMIERE.

LEONORE.

AVeugle deïté ! suiette au changement,
Qui fais tout sans raison, sans choix, & sans mesure,
Et qui rends mal-heureux le plus fidelle Amant,
Aussi tost que le plus pariure,
Si l'iniuste Carlos doute de mon amour ;
S'il me reprend son cœur pour le donner à Flore ;
Si ie trouue en tous lieux Dom Sanche que i'abhorre,
Quel mal, cruel destin, me peux tu faire encore,
Si tu ne te resous à me priuer du iour ?

Si tu ne te resous à me priuer du iour ;
Si tu ne me fais pas cette grace funeste,
Pour sortir de tes mains, & de celles d'amour ;
Ie me sens des forces de reste,
Accoustumé peut-estre à me voir tant souffrir.

Tu crains qu'apres ma mort enfin ie ne repose;
Mais pour finir ma vie, il suffit que ie l'ose,
Et ta rigueur en vain à ce dessein s'oppose,
Si la seule douleur nous peut faire mourir.

Si la seule douleur nous peut faire mourir,
Faisons agir la nostre & luy laissons tout faire;
Peut-estre qu'à l'ingrat qui ne me peut souffrir,
Mon trespas au moins pourra plaire.
Finissons tout d'vn temps ma vie, & mon malheur;
Sous les loix de l'amour. Qui tousjours mal-heureuse,
Endure sans espoir vne peine amoureuse,
Doit s'en tirer soy-mesme, & suiure courageuse
Les funestes desseins qu'inspire la douleur.

Les funestes desseins qu'inspire la douleur,
En l'estat où ie suis me sont aisez à suiure:
Qui redoute la mort, merite son mal-heur,
Quand c'est l'augmenter que de viure.
Ie mourray cher Carlos; mais pourrois-je esperer,
Quand dés pasles esprits i'augmenteray le nombre,
De sortir quelquefois de ma demeure sombre,
D'errer autour de toy, te faire voir mon ombre?
Helas! si la voyant tu pouuois soûpirer.

Helas ! si la voyant tu pouuois soûpirer,
Que ne deurois-ie point à ton ame attendrie ?
Que pourrois-ie en viuant dauantage esperer,
Quand tu m'aurois toûjours cherie ?
Mais ne nous flattons plus d'inutiles desirs,
Quand nos corps ne sont plus qu'vn amas de poussiere,
Ils ne reprennent plus leur figure premiere.
Et l'on perd à la fois en perdant la lumiere
Et l'vsage des maux, & celuy des plaisirs.

Mais ie le voy, l'autheur des peines que i'endure ; *Dom Sanche & Cardille entrent.*
Esloignons vn objet de si mauuais augure. *Elle sort.*

SCENE II.

DOM SANCHE, CARDILLE.

D. SANCHE.

Elle s'enfuit ainsi, parce qu'elle m'a vû.

CARDILLE.

Grand signe des attraits dont vous estes pourueu.

D. SANCHE.

Sa haine, ou son amour ne me tourmentent guere,
Ie n'en dis pas ainsi, quand Flore est en colere.
Pour te dire le vray, i'ay peur de son abord;
Mais me demande-t'elle?

CARDILLE.

Oüy, Seigneur, & bien fort.

D. SANCHE.

Marine te l'a dit?

CARDILLE.

Elle-mesme, où ie meure.

D. SANCHE.

Que ie vinsse voir Flore?

CARDILLE.

Oüy Flore, & tout à l'heure.

D. SANCHE.

Sans redouter son Frere?

CARDILLE.

Oüy sans le redouter.

D. SANCHE.

Ha, tay toy!

CARDILLE.

Ie me tay.

D. SANCHE. *A part.*

Qui l'y peut inciter?

CARDILLE.

Ie ne sçay.

D. SANCHE.

Toy toy, dis-ie, il n'est pas temps de rire.

CARDILLE.

Pleurons donc.

D. SANCHE.

Tay toy donc, te le faut-il tant dire?

Mais me faire passer de son appartement *A part.*
Dans celuy de son Frere ?

CARDILLE.

Elle est sans iugement ;
C'est vne. . . .

D. SANCHE.

Oses-tu bien m'en parler de la sorte ?
Est-ce colere, amour, vengeance ?

CARDILLE.

Et que m'importe ?

D. SANCHE.

Mais elle vient à moy.

SCENE III.

FLORE, DOM SANCHE.

FLORE.

Vous estes estonné,
Du lieu du rendez-vous que ie vous ay donné,
Et choisir pour vous voir la chambre de mon Frere,
C'est vous donner soupçon de quelque grand mystere :
Vous y voir sans tesmoins, vous trouble égalément ;
Mais i'attens compagnie en mon appartement,
Où vous ne deuez pas estre veu de personne.

D. SANCHE.

Vous ne vous trompez point, ce procedé m'étonne :
Enfin ie suis venu sur vostre bonne foy.

FLORE.

Vous y pouuiez venir ; quoy que mal auec moy.
Alors que vous aimiez, ou feigniez d'aimer Flore,
Et que dans son esprit vous estiez bien encore,
Son abord quelquefois vous fut à redouter ;
Mais vous ne deuez plus vous en inquieter.
Quand on cesse d'aimer, on en est plus ciuile;
Au défaut de l'amour ie veux vous estre vtile,
Et par quelque bien-fait, ie me veux retenir
Quelque petite place en vostre souuenir.
La belle Leonore vne adorable fille,
Des meilleures maisons de toute la Castille,
Est aujourd'huy sans bien, sans honneur, sans Espoux,
Sans Païs, sans Parent, & tout cela pour vous.
Vous deuez l'espouser.

D. SANCHE.

Moy l'espouser, Madame!
Ha ! ce n'est pas de vous que ie veux vne femme,
Ie n'en auray iamais, ou bien vous la serez.

FLORE.

Quant à vous espouser, vous m'en dispenserez.

D. CARLOS. *A part, entr'ouurant la porte où il est caché.*

Flore aimoit mon Riual, & i'allois aimer Flore :
Mais ie veux escouter ce qu'ils diront encore.

FLORE.

Dom Sanche, vous réuez, & paroissez confus.

D. SANCHE

Il est vray ie le suis, si iamais ie [illegible]us :
Me mander, & par là flatter mon esperance,
Me dire qu'on me hait contre toute apparence ;
Me parler d'vn hymen sous ombre de bonté,
Mais vn hymen honteux autant que detesté,
Et m'oster tout d'vn temps l'esperance donnée,
De viure auecque vous sous vn saint hymenée,
Qui ne ressentiroit les diuers mouuemens,
Qu'excitent les dédains dans les cœurs des Amans ?
Qui ne s'affligeroit de vous voir si changée,
Vous par tant de sermens à m'aimer engagée ?
Qui ne seroit resueur, qui ne seroit confus ;
Ou qui ne seroit pas quelque chose de plus ?

FLORE.

Vous tairez-vous Dom Sanche, & voulez-vous m'entendre ?

D. SANCHE.

Tenez donc des discours que ie puisse comprendre.

FLORE.

Il faut vous contenter, Dom Sanche ! vous pensez
Que ie ne songe plus à vos crimes passez :
Vous vous trompez Dom Sanche, vne fois offensée,
La memoire à iamais en reste à ma pensée.
Leonore vous aime, & vous l'aimez aussi ;
Elle a tout fait pour vous, & son Pere est icy,
Songez combien de sang vous perdistes pour elle,
Les tourmens endurez dans les fers de la belle ;
Faites seruir Dom Sanche à vostre vtilité,
Et la perte du sang, & de la liberté.
A moins que d'espouser cette charmante fille,

Craignez l'inimitié de plus d'vne famille ;
Mille fiers ennemis vous suiuront en tous lieux :
Et vous estes perdu : Puis-je m'expliquer mieux ?

D. SANCHE.

Trop bien pour mon repos, belle, & cruelle Flore,
Trop bien pour me laisser quelque esperance encore.
Ie pourrois comme Amant vous déguiser mon cœur ;
Mais ie veux vous respondre en Caualier d'honneur,
I'aimay donc Leonore, & mon ame inconstante
Se prit aux doux attra[illegible]s de sa beauté naissante ;
Ie tâchay de gagner son inclination,
Et me trouuay l'objet de son auersion.
La resistance picque, & la croyant cruelle,
Par la seule raison de ce qu'elle estoit belle,
Et cette raison là me la faisant aimer,
Son seuere dédain ne fit que m'enflâmer,
Enfin, ie découuris que cette beauté fiere,
Pour vn autre que moy ne se ménageoit guiere,
Qu'vn bien-heureux Riual qu'elle fauorisoit,
Estoit riche des biens qu'elle me refusoit ;
Et qu'à ce Caualier elle s'estoit donnée
Sous l'incertaine foy d'vn futur hymenée.
Ie la surpris enfin auec son cher Amant .... !

FLORE.

Ie sçay de vos amours le triste éuenement ;
Mais ingrat, puis qu'il faut qu'on vous le die encore,
Sous ombre de me voir, vous vistes Leonore,
Vous l'auez dit vous mesme.

D. SANCHE.

Il est vray ie le dis.

Pour cacher nostre amour aux fascheux Dom Loüis.
Il a pû voir l'horreur que me fit sa presence,
Outre que i'ignorois qu'elle fust a Valence.
Mais deuez vous m'offrir vn semblable party?
L'honneur auec la honte est-t'il bien assorty?
Et quand i'y trouuerois vn notable auantage,
Prendrois-je pour ma femme, vne fille peu sage,
Qui suit depuis Madrid vn Amant iusqu'icy,
Et peut-estre vn Amant qui n'en veut plus aussi?

D. CARLOS. *D'où il est caché.*

I'ay donc crû faussement Leonore coupable:
Helas! que ie le suis, & qu'elle est adorable!

FLORE.

Enfin, il faut finir qu'auez-vous resolu?

D. SANCHE.

Quand vous l'ordonneriez d'vn pouuoir absolu,
Vous seule Deïté qu'icy bas ie respecte,
De n'espouser iamais vne femme suspecte.

FLORE.

Que déstranges mal-heurs vous estes menassé!

D. SANCHE.

Si vous ne m'aimez plus, le plus grand est passé,

FLORE.

Ne suiuez plus vn bien qui ne se peut atteindre,
Songez aux ennemis que vous auez à craindre.

D. SANCHE.

Et qui sont-ils, grand Dieu! ces mortels ennemis?

FLORE.

Elle, moy, Dom Carlos, Dom Pedre, Dom Loüis.

D. SANCHE.

De tous ces ennemis si grands, si redoutables,
Qui peuuent me ietter dans des maux effroyables,

Ie méprise la haine, & ne crains rien que vous;
Soyez seule pour moy, ie suffis contre eux tous.

SCENE IV.

CARDILLE, DOM SANCHE, FLORE.

CARDILLE.

CE Frere ingenieux à surprendre le monde,
En qui de l'Vniuers toute la bile abonde,
Vient auec Dom Pedre qui luy sert de recors:
C'est à vous à songer au salut de nos Corps.

FLORE.

Le peril n'est pas grand du costé de mon frere;
Mais ie ne répons pas de la fureur d'vn Pere.

D. SANCHE.

Il me trouue toûjours. Dom Loüis?

CARDILLE.

Ha pour luy,
C'est le plus ponctuel des freres d'auiourd'huy,
Et de plus cachez vous mille fois, que ie meure,
S'il ne vous va trouuer mille fois en vne heure.

FLORE.

Par bon-heur cette Chambre est ouuerte; entrez-y,
Et sans perdre de temps: Mais qui la ferme ainsi? *On ferme la porte à Dom Sanche, comme il est prest d'entrer.*

D. SANCHE.

Vn homme que i'ay vû : vous le sçauiez Madame,
Et ie voy bien pourquoy vous m'offriez vne Femme ;
Ie voy d'où sont venus vos charitables soins,
Et pourquoy vous vouliez me parler sans témoins.

FLORE.

Que dites-vous, Dom Sanche ?

D. SANCHE.

O Fille trop legere !
Fausse en vostre douceur, fausse en vostre colere.
Pour authoriser donc vostre infidelité,
Vous vouliez m'inspirer la mesme lâcheté :
C'est donc pour vn dessein de grande importance
Que vous me combattiez auec tant d'éloquence,
Mais m'ayant tant aimé, me deuiez vous haïr,
Ou pour m'auoir haï, m'auez vous dû trahir ?

FLORE.

M'osez-vous condamner, auant que de m'entendre ?

D. SANCHE.

Conuaincuë, osez-vous encore vous deffendre ?
Il luy faut repeter les discours specieux,
Dont elle m'appuyoit ses conseils odieux.
Ne suiuez plus vn bien qui ne se peut atteindre,
Songez aux Ennemis que vous auez à craindre.
Il est vray que iamais vne infidelité,
N'appuya ses raisons sur plus de verité.
Vous m'estes à la fois ce bien inaccessible,
Et de mes Ennemis, l'ennemy plus terrible,
Et comme vn ennemy que l'on veut préuenir,
Pour me tuër sans doute on m'aura fait mourir :
Mais deuant que ma mort vuide nostre querelle,

Ie iugeray du choix de vostre ame infidelle;
Ie verray ce gallant.

FLORE.

Si ie sçay quel il est;
Si vous pouuez prouuer que i'y prenne interest.

D. SANCHE.

Puisque vous ignorez quel homme ce peut estre,
I'espere en peu de temps vous le faire connoistre.

SCENE V.

LEONORE, D. SANCHE, FLORE.

LEONORE

QVels cris ay-je entendus ? horreur de mes regards !
Te verra-t'on toujours me suiure en toutes parts?
Pour la troisiéme fois me viens tu nuire encore?

D. SANCHE.

Autre ennemy cruel, qui se vient ioindre à Flore,
Mais, Ingratte ! assemblez tous ces fiers ennemis,
Dom Pedre, Leonore, Dom Carlos, Dom Louis,
Quand toute leur valeur par vos pleurs animée,
M'empescheroit d'ouurir cette porte fermée,
Malgré ces ennemis contre moy coniurez,
Ie verray cét Amant que vous me preferez.

FLORE.

Dom Sanche regardez ce que vous allez faire.

D. SANCHE.

Il n'est plus question de plaire, ou de déplaire,
D'estre dans le respect; d'estre dans son deuoir,
Qu'a-t'on à mesnager, quand on n'a plus d'espoir?

FLORE.

Ie n'oublieray iamais vos paroles hardies.

D. SANCHE.

Ie n'oublieray iamais vos noires perfidies.

FLORE.

He bien! il le faut voir, & ie l'ay resolu
Celuy que vous auez ou croyez auoir vû;
Mais pour vostre mal-heur, si ie suis innocente,
Ny les soumissions d'vne ame repentante,
Ny tout ce qui fait croire vne immuable foy,
Ne vous pourroit iamais remettre auecque moy,
Vous vous repentirez de m'auoir soupçonnée.

D, SANCHE.

Ie me rendrois plustost au honteux hymenée;
Qui iusques à ma mort me seroit reproché,
Qu'à ne connoistre pas cét Amant mal caché,

FLORE.

Pourquoy donc insolent n'enfoncez-vous la porte?

LEONORE.

Helas, c'est Dom Carlos!

FLORE.

Qui que ce soit, qu'il sorte.

D. SANCHE.

Se fera-t'il forcer cét homme sans valeur; *Il veut rompre la porte.*
Qui s'entend défier, & se cache en voleur?

SCENE VI.

DOM CARLOS, D. SANCHE.

D. CARLOS.

IE ne me cache plus.

D. SANCHE.

Ha, c'est donc toy!

D. CARLOS.

Moy-mesme!

D. SANCHE.

Toûjours Riual, toûjours aimant tout ce que i'aime?

D. CARLOS.

Toûjours prest à finir ta vie, & tes amours.

D SANCHE.

Ostons donc cét obstacle au bon-heur de nos iours.
Deffens toy Dom Carlos.

SCENE VII.

DOM PEDRE, DOM LOVIS, D. CARLOS, D. SANCHE.

D. PEDRE.

QV'apperçois-je ? qu'entens-je ?
Et le Ciel permet-il enfin que ie me venge ?
He vois-je pas Dom Sanche, & n'a-t'il pas nommé,
Dom Carlos ?

D. LOVIS. *A part.*

He bon Dieu! que n'est-il enfermé?

D. PEDRE.

Parle, es-tu Dom Carlos, l'obiet de ma colere?

D. CARLOS.

Oüy, ie suis Dom Carlos, prest à te satisfaire,
Si tu veux m'escouter ?

D. PEDRE.

Ha, ie n'escoute pas,
Des satisfactions que i'attends de mon bras.
Dom Sanche, Dom Carlos, venez cruels ensemble,
Que le commun peril contre moy vous assemble,
Puis qu'vn crime commun qui blesse mon honneur,
Merite également d'éprouuer ma fureur.

D. LOVIS.

Dom Pedre, suspendez vostre colere encore,

Vous serez satisfait, Dom Sanche, as-tu veu Flore?

D. SANCHE.

Et trop veuë.

D. LOVIS.

Et dis-moy, t'a t'elle proposé
Le moyen le plus seur comme le plus aisé,
De contenter Dom Pedre, & d'appaiser ta flâme?

D. SANCHE.

Dis plustost, le moyen de me rendre vn infâme.
C'est bien moy qui prendray les restes d'vn Riual:
Leonore, ou la mort m'est vn mal-heur égal.

D. LOVIS.

Dom Pedre vengeons donc nostre offense commune,

D. CARLOS. *Se mettant àcosté de Dom Sanche.*

Arreste Dom Loüis: i'ay part en sa fortune.

D. LOVIS.

Vous prenez son party?

D. CARLOS.

Ie le prens & le doy.

D. PEDRE.

Nous sommes deux à deux.

D. CARLOS.

Dom Pedre escoute moy.
Quand indigne du nom des Auteurs de mon estre
Par cent noirs attentats d'vn scelerat, d'vn traistre,
I'aurois noircy ma vie, & ton honneur blessé,
Si contre mon dessein ie t'auois offencé;
Si mon intention n'estoit pas criminelle,
La tienne passeroit pour iniuste & cruelle,
Et quand on te verroit à ma perte animé,
Ie serois plaint peut-estre, & tu serois blasmé,
La seule intention augmente ou diminuë

L'action

L'action la plus noire, ou la plus ingenuë:
Suspens donc ta colere, & d'vn esprit plus sain,
Voy si de t'offencer i'eus iamais le dessein.
Ie vis ta Leonore, & cette fille aimable,
En beauté sans pareille, en esprit adorable,
Dés-le mesme moment, du moins le mesme iour,
Que ie brustay pour elle, eut pour moy de l'amour.
Quand entre deux Amans l'amour est partagée,
Elle n'est pas long-temps sans estre soulagée.
Mais ce n'est pas assez dans l'Empire amoureux,
D'aimer, & d'estre aimé pour estre bien heureux.
On voit de mille Amans les esperances vaines
Flatter iusqu'à la mort leur mutuelles peines,
Et l'on voit mille Amans se croyans prés du port,
Y trouuer la tempeste, & maudire leur sort
Dans le temps que ta fille en son amour fidelle
Me croyoit plus donner des marques de son zele
Mes yeux furent trompez d'vne jalouse erreur.
Autant que ie l'aimois, elle me fit horreur.
Mais pour ne l'aimer plus, pour la croire infidelle
Ie ne m'offris pas moins à tout faire pour elle:
Ie la mis à couuert de ton iuste courroux,
Et ie voulois aussi luy trouuer vn Espoux;
Ainsi tu m'eusses dû l'honneur de Leonore.
Voy par là si ta haine est legitime encore,
Et songe que mon sang peut sur toy réjallir:
L'amour peut m'excuser comme il m'a fait faillir.
Calme donc les transports d'vne iniuste colere;
Prens pitié de ta fille, & luy rends vn bon Pere.

D. PEDRE.

Puis qu'elle est sans honneur elle ne m'est plus rien.

D. CARLOS.

Si ie suis son Espoux, mon honneur est le sien.

D. PEDRE.
Vous me rendez l'honneur le repos, & la ioye.
D. LOVIS.
Mais de tous vos soupçons que voulez-vous qu'on
croye ?
D. CARLOS.
Que i'aime Leonore, & que de mon erreur
Son innocence enfin triomphe dans mon cœur.
LEONORE.
Il est donc vray Carlos, qu'enfin ma patience,
Bannit de ton esprit l'iniuste défiance?
Tu ne doutes donc plus, que ie ne t'aye aimé
Tout ce que peut aimer vn cœur bien enflâmé :
Tu m'aimes maintenant à cause que ie t'aime,
Est-il quelque autre Amant qui ne m'aimast de
mesme ?
Alors que ton esprit cessant de m'estimer,
Ta raison t'ordonna de ne me plus aimer,
N'estoit-ce pas assez pour chastier mon crime,
Que n'auoir plus pour moy ny d'amour ny d'e-
stime ?
Mais, Carlos, tu ioignis l'outrage au chastiment,
Et tu fus inhumain dans ton ressentiment,
Le moins heureux captif dans les plus rudes chai-
nes,
Souffre moins qu'en tes fers ie n'ay souffert de
peines.
Tu m'as veuë à tes pieds mille fois fondre en
pleurs,
Ie t'ay veu d'vn œil sec regarder mes douleurs :
Mais tout cela n'estoit que de legers supplices,
Tu m'affligeas aussi par d'importuns seruices.
Oüy ta fiere rigueur en son plus grand excés,
Ne m'affligea pas tant que firent tes bien-faits.

Cependant cette fille ingrate, & criminelle,
N'estoit que mal-heureuse, & fut toûjours fidelle,
Et cel[illegible] qu'elle ajma d'vn amour eternel,
La condamna tousiours, & fut seul criminel.
Nos sens sont trop enclins à croire l'imposture;
Pour n'auoir plus à craindre vne telle auenture,
Tu crois trop tost le mal sans l'auoir aueré
Pour viure auecque toy, dans vn calme asseuré.
Mais quoy qu'auecque toy i'aye beaucoup à crain-
dre,
Ie ne te puis haïr; moins encore le feindre,
Vainement ma raison m'exhorte à t'oublier:
Mon cœur n'y consent pas, ie ne le puis nier.

D. CARLOS.

Ha que vous vous vengez d'vne façon cruelle,
Qu'on se venge aisément alors que l'on est belle,
Et que vostre bonté me donne de remors,
Me cause de tourmens, pires que mille morts!

DOM PEDRE.

Il n'est plus question de plaintes amoureuses;
Mais bien de donner ordre à vos nopces heu-
reuses,
De rendre grace au Ciel qui finit nos mal-heurs,
Et qui fait succeder l'allegresse aux douleurs.

D. LOVIS.

Il ne plaist pas au Ciel que i'en dise de mesme;
Mais ie veux que Dom Sanche.

D. CARLOS.

A vostre sœur qu'il aime,
Donne sans differer la coniugale foy,
Et que ce couple imite, & Leonore & moy.
Approuuez-donc l'hymen de Dom Sanche & de
Flore.

D. LOVIS.

I'approuue, & ie souhaitte vn party qui l'honore.

D. CARLOS. (Louis:

Dom Sanche, approchez-vous du Seigne Dom
Deuenez tout d'vn temps freres, & bons amis;
Combattons à l'enuy d'amitiez mutuelles,
Et que le souuenir de toutes nos querelles
Nous serue à l'auenir de diuertissement,
Et pardonnez Amy, ce que ie fis Amant.

D. SANCHE.

Vous reparez trop bien les sanglantes blesseures...

D. CARLOS.

He de grace, oublions ces tristes auantures.

LEONORE.

Soyez au moins d'accord, vous & vostre Riual,
Qu'vne fausse apparence est vn dangereux mal.

CARDILLE. *Se battant tout seul*

Ie pare, & tout d'vn temps faisant feinte à la veuë,
Ie l'asche le pied droit, & donne vne venuë.

MARINE.

Et contre qui, grand fou, te sers tu de ton bras?

CARDILLE.

Et grand-folle, d'y moy, ne nous battons nous pas?

MARINE. (battre,

Non grand fou, mais ma foy l'on te deuroit bien

CARDILLE.

Lors que i'ay déguainé, ie fay le diable à quatre,
Ces Riuaux m'ont rendu de si mauuaise humeur,
Qu'il faut absolument que ie fasse rumeur,
Si nous n'allōs tous deux conionts par l'hymenée
Grossir de ces Amans la troupe fortunée.

MARINE.

Ma foy, cher Cardillon, si nous estions conioints,
Tu maudirois souuent mes ongles, & mes poings.

Fin de la Comedie de la Fausse Apparence.

www.ingramcontent.com/pod-product-compliance
Lightning Source LLC
LaVergne TN
LVHW020419230826
846091LV00004B/1323
9782019688424